LORENA LENN

LORENA LENN

PRIMA DRAGOSTE

Timișoara, 2018

Descrierea CIP a Bibliotecii Naţionale a României
LENN, LORENA
Prima dragoste / Lorena Lenn.
Timişoara : Stylished, 2018
ISBN 978-606-94670-0-8

821.135.1

Editura STYLISHED
Timișoara, Județul Timiș
Calea Martirilor 1989, nr. 51/27
Tel.: (+40)727.07.49.48
www.stylishedbooks.ro

PRIMA DRAGOSTE

Pentru prima mea dragoste:

Te iubesc și te voi iubi mereu,

dragul meu soț...

Totul era hotărât: ea, Jackye Rowen, reporter pentru Celebrity, o revistă mondenă celebră din California, avea să ia un interviu cunoscutului campion la motociclism, Josh Collins, sau cel puțin să încerce să facă asta, fiindcă era binecunoscut faptul că motociclistul nu era adeptul unor asemenea lucruri. În presă apăruseră foarte puține despre el, dar un lucru era clar: ura interviurile și paparazzi.

Jackye își aducea aminte de un incident petrecut luna trecută, când cel care încercase să-l fotografieze pe Josh sfârșise lovit, iar echipamentul foto îi fusese distrus.

Josh Collins era o adevărată provocare, dar Jackye nu era o femeie care să renunțe ușor, așa că se simțea pregătită pentru ceea ce avea să urmeze.

Jackye se afla în birou când a fost chemată la șeful ei, Ethan Grant. Acesta a informat-o despre misiunea pe care urma s-o îndeplinească, sfătuind-o în același timp să fie atentă, fiindcă Josh Collins era cunoscut ca un bărbat dificil. Însă faptul că era femeie, putea fi un avantaj. Avea și o promisiune de mărire a salariului, dacă reușea să ducă totul la bun sfârșit, iar acest lucru o motiva, pe lângă dorința de-a reuși ceva ce mulți alții nu reușiseră.

Mai târziu, acasă, în timp ce-și pregătea ținuta și echipamentul pentru ziua următoare, Jackye a simțit telefonul vibrându-i în buzunarul blugilor.

— Bună, Jackye!

Bună, Catherine! a recunoscut vocea entuziastă a prietenei ei.

— Felicitări! Sau ar trebui să îți urez mult succes, fiindcă ceea ce vei face este riscant chiar și pentru tine, Josh Collins are reputația pe care-o are.

S-a auzit un râs ștrengăresc la capătul celălalt al firului.

— Mulțumesc mult, Cathy. În mesaj n-am reușit să-ți dau toate detaliile, în plus mă grăbeam să ajung acasă. Și-a trecut mâna prin părul șaten, de lungime medie, răsfirându-l. Apoi a continuat repede: sunt sigură că mă voi descurca.

Spera asta din toată inima, fiindcă altfel orgoliul i-ar fi fost rănit și n-ar fi suportat. Nu voia să piardă provocarea oferită.

— Succes! Ne vedem mai târziu.

Catherine era dornică să afle totul și voia s-o mai lungească la vorbă.

— Desigur, zise Jackye zâmbind și încheie apelul.

Știa că prietena ei era curioasă, o cunoștea încă de la grădiniță și erau foarte unite. Dintre

ele două, ea era mai serioasă. Cathy, în schimb, era cea care o făcea să râdă chiar și în momentele dificile, precum acela în care își pierduse părinții, când un pilot de mașini de curse pierduse controlul volanului și-i lovise mortal, în timp ce aceștia urmăreau competiția de pe margine.

Chiar dacă pilotul fusese condamnat, asta nu era decât o slabă consolare: pilotul mai era în viață, în timp ce părinții ei, nu.

Amintirile au făcut-o să lăcrimeze, așa cum se întâmpla de fiecare dată, iar asta o înfuria. Deși de dimineață avusese o stare de bine, pe parcursul zilei ea s-a schimbat: nu-i era deloc la îndemână să fie nevoită să intervieveze un campion la motociclism. Chiar dacă nu pilota mașini, domeniul era același, iar asta o răscolea.

Era hotărâtă mai mult ca oricând să reușească ceea ce-și propusese, ca de fiecare dată când trebuia să-și facă meseria, de altfel. S-a privit în oglindă și și-a văzut ochii căprui cuprinși de tristețe. La cei doar douăzeci de ani trecuse prin multe momente dureroase și nu-și dorea decât să vină ziua în care să se privească în oglindă și să vadă fericire pe chipul ei, fiindcă moartea subită a părinților era doar una dintre suferințe. Cum se purtase mama ei de-a lungul anilor era alta. Se simțise un deranj permanent pentru cea care-i

dăduse viață. În schimb, din partea tatălui simțise mereu afecțiune, iar asta îi încălzise inima.

După moartea părinților, cu patru ani în urmă, Deborah și Henri, părinții Catherinei, au avut grijă de ea. Au susținut-o permanent, mai ales moral. Avea casa părintească și economiile alor ei, iar cele două prietene se purtau de parcă ar fi fost surori.

Mai târziu, a fost dezamăgită de bărbatul pe care a crezut că-l va iubi toată viața. L-a găsit cu alta într-un club, după ce el plecase furios pentru că nu era dispusă să-i cedeze. A încercat s-o convingă să-l ierte, dar a rămas fermă în decizie. Și a hotărât să nu-și mai dăruiască inima cu atâta ușurință.

Jackye și-a șters lacrimile și s-a trântit în pat. Putea să doarmă puțin, până când avea să ajungă Cathy, care locuia foarte aproape. Era recunoscătoare pentru prietenia fetei, pentru afecțiunea pe care o primise de la ea și de la familia ei, lucruri pe care le prețuia enorm. S-a întins și a răsfirat articolele despre Josh Collins. A privit încă o dată poza lui, înainte să strângă toate materialele. Era șaten și avea ochi albaștri, un albastru intens și cuceritor. Probabil că multe femei oftau după el. Într-adevăr, era un bărbat frumos, foarte frumos, dar pe ea n-o interesa acest aspect.

Privindu-i chipul, Jackye a avut un sentiment ciudat. Ochii lui care intimidau chiar și din fotografie, puteau ține la distanță pe oricine. Ceva din interiorul ființei ei voia să pătrundă dincolo de acea privire nedefinită și rece.

Trebuia să scrie un articol bun, să facă un interviu reușit, dar pe lângă toate astea mai era și curiozitatea, normală pentru meseria ei... Și dorea să-l cunoască mai mult, ca să se convingă de realitatea celor ce se spuneau despre el.

A adormit cu acest gând. A trezit-o bătaia ușoară în ușă. Era Cathy.

— Hai, ridică-te! E o zi atât de frumoasă, iar noi suntem tinere, trebuie să ne bucurăm de soare, de viață, i-a spus încântată frumoasa blondă cu ochi albaștri. Vreau să ieșim!

Jackye a apucat peria de pe noptieră și a început să se pieptene tacticos.

— Ai dreptate, dar nu prea am starea necesară pentru o ieșire.

Cathy o luă de mână:

— Nu mă face să te scot afară cu forța! Mergem măcar până la mine. Știi că ai mei se bucură de fiecare dată să te revadă, știi asta, și-așa n-ai mai trecut de câteva zile.

— Bine, bine, dar asta pentru Deborah și Henry, nu pentru că insiști tu atât, i-a făcut Jackye cu ochiul.

S-a ridicat și s-a dus la baie, și-a tras pe ea o salopetă roșie, apoi și-a luat gentuța preferată și au plecat împreună. Cathy era nerăbdătoare.

Casa era la trei străzi distanță. Soarele, care strălucea puternic, a făcut ca plimbarea până acolo să fie cu adevărat o plăcere. Păsările cântau trilul lor neîntrerupt. Amândurora le plăcea cartierul, unul liniștit, iar mașinile erau rare.

Au cumpărat înghețată pentru toată lumea și în scurt timp au ajuns la destinație. Au fost primite cu îmbrățișări. Deborah le-a îmboldit:

— Frumoaselor, mergem pe terasă, e minunată vremea.

— Hei, Debbie, unde e Henry?

De multă vreme le spunea pe nume. Ei o rugaseră.

— La serviciu, știi că fără el nu poate, zise ea râzând.

Le servi pe fete cu o limonadă.

— Știu, e greu de găsit un polițist atât de bun, zâmbi și Jackye.

— Ce mai e nou? Pe cine urmează să intervievezi?

— Eh… O persoană care nu prea face astfel de lucruri, un campion, un motociclist. Josh Collins îl cheamă.

Simți brusc nevoia să bea o gură mare din limonada gustoasă.

— Aha... Tânărul acela curajos, serios și... foarte frumos, de altfel, pe care îl urmărea Henry la televizor zilele trecute... Știi cum e Henry, nu pierde niciun campionat de motociclism.

— Curajos? Mai degrabă inconștient și teribilist, aș spune eu.

Jackye s-a oprit și a respirat adânc, uimită de propria reacție. Se părea că toată treaba asta cu interviul o afecta mai mult decât își imagina. Nu putea decât să spere ca totul să se termine cu bine și cât mai repede.

— Haide, nu se poate să-l judeci deja. Nici nu l-ai cunoscut, a intervenit Cathy, privind-o cu atenție. Meseria mea e să vând antichități, a ta e să faci reportaje și interviuri, așa și-a lui, concurează. Fiecare cu meseria lui și cu riscurile aferente.

— Ai dreptate...

Jackye se simțea ciudat. Pentru ea, cei care făceau meseria asta erau niște inconștienți, la fel ca și cel care îi ucisese părinții. Nu putea să simtă admirație pentru ceea ce făcea Josh Collins, ar fi fost împotriva ideii ei generale despre cursele de mașini sau alte vehicule.

— Trebuie să recunoști că e un sportiv apreciat la nivel internațional, ca să nu mai spun că are o mulțime de fani și admiratoare, iar la cât de bine arată, nici nu mă mir, a zâmbit Cathy ștrengărește.

— Bineînțeles că trebuia să spui asta, nu-i așa? Pe tine te cucerește orice chip frumos.

A zâmbit scurt, dar a redevenit serioasă imediat. Și-a amintit felul în care privise în pat fotografia, tăiată dintr-un articol de ziar, de la ultima victorie a campionului.

— Desigur, iar tu nici măcar n-ai observat acest detaliu nesemnificativ despre Josh Collins, nu-i așa? o tachină Cathy.

— Ba să știi că am observat, da, arată bine, dar nu îi dau atâta importanță acestui detaliu, așa cum faci tu.

Jackye încercă să pară cât mai relaxată, dar parcă nu-i ieșea. Cathy era veselă, râdea mai tot timpul, se simțea în elementul ei.

— După ce vei reuși ce ți-ai propus, te rog să-i ceri un autograf pentru mine. Te rog...

Chicotiră amândouă.

— Tu doar la asta te gândești. Stai să accepte discuția, să aprobe întrebările, apoi o să îndrăznesc să-i cer și autograful. Pentru tine, bineînțeles.

Deborah s-a ridicat în picioare, îndreptându-și rochia cu palmele.

— Domnișoarelor, ia lăsați prostiile și haideți să mâncăm.

În scurt timp sosi și Henry. Atmosfera era din nou relaxantă, așa cum fusese, de altfel, mereu în mijlocul lor.

După câteva ore petrecute într-un mod agreabil, Jackye a plecat spre casă, unde și-a verificat email-ul imediat ce-a intrat pe ușă. N-a găsit nimic interesant, ceea ce a făcut-o să revină la gândul ei de mai devreme. Se înserase deja. S-a uitat la un film, apoi s-a întins în pat. Venea ziua cea mare. Se gândea la ea și la provocarea ce o aștepta. Spera să-și ducă misiunea la bun sfârșit fără probleme.

Noaptea a trecut foarte repede, sau cel puțin așa i s-a părut atunci când alarma a trezit-o din somn. A făcut un duș, apoi a luat micul dejun. A îmbrăcat o rochiță neagră, de lungime medie, nici foarte elegantă, dar nici foarte simplă; și-a lăsat părul desfăcut, iar apoi s-a urcat în mașina micuță și roșie, pe care o conducea cu mare plăcere de fiecare dată.

S-a îndreptat spre locuința lui Josh Collins, simțindu-se doar puțin agitată, dar și nerăbdătoare. Ploaia care-a început deodată n-a ajutat-o să se simtă mai bine, din contră, i-a accentuat starea de nervozitate.

Jackye ar fi preferat să fie soare, s-ar fi simțit mult mai bine. De când se știa, prefera să fie soare și vreme frumoasă în locul ploii sau frigului. Ca să se mai destindă puțin, a pus muzică, alt lucru care, pe lângă lectură și plimbare, o ajuta să se liniștească și să se relaxeze.

După aproximativ douăzeci de minute de condus, a ajuns în fața casei lui Josh Collins. Era mulțumită. Nu se rătăcise și găsise ușor destinația. A ieșit din mașină și s-a grăbit spre ușă, certându-se în gând că nu fusese destul de prevăzătoare să-și ia și umbrela.

A sunat la ușă, iar vocea puternică și masculină care s-a auzit a făcut-o să tresară:

— Nu eu ar trebui să deschid ușa, dar fie, de data asta o voi face!

În prag a apărut un bărbat atrăgător, șaten, cu ochi albaștri, care nu părea deloc dornic de vreo vizită, cu atât mai puțin de una neașteptată. Pentru câteva secunde, privirile lor s-au întâlnit. S-au analizat unul pe celălalt cu atenție. Jackye a simțit că se face tot mai mică sub privirea lui pătrunzătoare, mai ales că stropii de ploaie îi biciuiau pielea. Dintr-un motiv anume, nu voia să pară speriată și nici dominată de statura lui impunătoare.

— Cine ești și ce dorești? întrebă bărbatul.

În mod sigur, acesta era faimosul Josh Collins. Jackye încercă să pară sigură pe ea.

— Bună ziua, domnule Collins, eu sunt Jackye Rowen, reporter la revista Celebrity.

— E culmea până unde poate ajunge curiozitatea unor oameni! Acum reporterii au curajul să vină chiar la mine acasă și să mă spioneze. Ascultă, domnișoară Rowen, aceasta este o proprietate privată și nu ai dreptul să te afli aici. Așa că te rog, în cel mai frumos mod posibil, să pleci de aici, chiar acum. Poți să te prefaci că ai greșit adresa, nu știu, găsești dumneata vreo scuză în fața șefului, dar nu mă vei face să-mi pierd timpul cu tine și întrebările tale stupide. Dacă tot mă cauți, atunci ar fi trebuit să știi deja că eu nu agreez interviurile, așa că... Mașina e-acolo.

— Ascultă-mă dumneata pe mine, domnule Collins: nu am făcut atâta drum ca să nu obțin vreun rezultat. Așa că ai putea cel puțin să mă inviți să intru și să discutăm în termeni amiabili despre asta.

A simțit că mai are puțin și explodează din cauza furiei. De obicei, nu se comporta așa, nu era stilul ei, era mai degrabă calmă, dar în acele momente nimic nu mai conta, iar obrăznicia lui n-avea să o oprească.

Privirea lui a lovit-o, atât era de dură, dar sprânceana ridicată reflecta uimirea. În mod sigur, nu se așteptase la replica asta, zâmbi Jackye în sinea ei.

— Josh, fiule, cine e și de ce-i vorbești astfel? Unde-ți sunt manierele? s-a auzit din casă o altă voce bărbătească. Tatăl lui Josh a venit lângă fiul lui și a deschis larg ușa.

— Bună, intră, te rog, a rugat-o el cu blândețe. Și tu, cum ai putut s-o lași să stea așa, în ploaie?

Privi către fiul lui cu duritate, iar Josh se abținu să facă vreun comentariu.

Jackye a intrat în locuința nu foarte mare, dar cochetă, care avea o puternică amprentă masculină.

— Eu sunt Gill Collins, tatăl lui Josh. Iar el e un băiat bun, care poate fi chiar amabil atunci când nu uită asta. Gill i-a întins mâna. Haide, nu sta acolo, ia loc, a invitat-o cu zâmbetul pe buze.

— Mulțumesc, domnule Collins, apreciez felul în care vă purtați cu mine. Eu sunt Jackye Rowen, reporter la revista Celebrity, și motivul pentru care mă aflu aici este un interviu pe care trebuie să i-l iau fiului dumneavoastră. Știu că motivul venirii mele nu reprezintă neapărat o bucurie, dar asta mi-e meseria și asta mi s-a spus să fac, a zis ea privindu-l în ochi pe Gill, căci Josh plecase de acolo imediat ce ea se așezase pe canapea.

— Martha! strigă Gill.

O femeie apăru imediat dintr-o cameră alăturată.

— Adu-ne, te rog, câte un ceai și o pătură. Fata asta frumoasă trebuie să se usuce.

— Imediat, Gill, zise Martha, salutând ușor din cap. Apoi se duse repede după cele cerute și le aduse prompt.

Nimeni n-a prezentat-o pe femeie, așa că Jackye a presupus că nu este cazul să întrebe mai mult. Tatăl lui Josh i-a zâmbit cu căldură.

— În primul rând, nu accept să-mi spui „domnule Collins", nu sunt pe moarte, sau cel puțin nu încă, a spus el râzând, iar Jackye a râs și ea.

Gill avea umor, o făcea să râdă și îi plăcea asta, deși abia îl cunoscuse.

Nu se putea spune același lucru despre fiul său.

— Mulțumesc, ești foarte amabil, a zâmbit Jackye, strângând pătura în jurul picioarelor.

— Nu-ți face griji, drăguțo. A privit-o cu drag. Nu știu cum poate fiul meu să refuze o reporteră atât de drăguță ca tine. Dacă aș fi în locul lui, nu te-aș refuza, din contră, pe lângă faptul că ți-aș acorda interviul, te-aș scoate și la cină.

Gill râdea din nou, iar Jackye făcu același lucru, dar cu o ușoară strângere de inimă.

— Cred că nu ești genul acela de reporter care inventează lucruri doar pentru publicitate, nu-i așa?

— Eu scriu doar lucruri reale, domnule... ăăă... Gill, se corectă ea imediat. Ceaiul este foarte bun. A simțit că lichidul începe să o încălzească și asta îi făcea bine. Ai o casă foarte frumoasă, n-am putut să nu remarc asta.

— Mulțumesc, Jackye. Pot să îți spun pe nume, nu-i așa? Nu suport formalismele.

A dus un pahar la gură și a sorbit, strâmbându-se puțin. Înainte ca Jackye să apuce să răspundă, în spatele ei apăru Josh. Venise rapid și direct spre ea, ca o felină care-și atacă prada.

— Domnișoară Rowen, vino în biroul meu. Acum!

Jackye l-a privit și a văzut determinarea din ochii lui. La fel i-a simțit și tonul vocii care, chiar dacă nu era unul ridicat, era hotărât și dur, obișnuit să dea ordine, iar ceilalți să i se supună.

— Puteți vorbi și aici, Josh. Sper că nu vrei s-o pui pe fugă pe fata asta drăguță, nu-ți voi permite să o superi, l-a avertizat tatăl lui cu seriozitate.

— Domnișoara Rowen mă va însoți în biroul meu, și cu asta am încheiat discuția. Nu-ți face griji, n-am s-o atac în vreun fel, nu lovesc femeile, a spus el ironic.

Jackye a observat că Gill s-a încruntat la Josh, dar atât. S-a ridicat cu demnitate de pe canapea

lăsând pătura acolo și l-a urmat tăcută, încercând să-și păstreze calmul, în ciuda bătăilor foarte rapide ale inimii.

Chiar și așezat pe fotoliu, Josh Collins umplea spațiul din biroul său. Jackye se simțea ciudat, într-un fel în care nu se mai întâmplase cu vreun alt intervievat.

Josh i-a făcut semn să ia loc, iar ea s-a supus, privindu-l demn, în ochi. Nu voia totuși să se arate intimidată, deși așa se simțea. Doar puțin, și-a spus ea în gând.

— Așadar, vrei să-mi iei un interviu, să-mi descoperi secretele ascunse și întunecate și să mă expui publicului avid de senzațional...

— Domnule Collins, nu asta e intenția mea, doar că aveți fani care ar dori să știe mai multe despre...

— Să nu te mai aud cu domnule Collins, nu sunt bătrân, sunt tânăr, după cum sunt sigur că ai observat, a intervenit el întrerupând-o. Eu îți voi spune Jackye, e mai bine și mai ușor așa.

— Bine, Josh. Intențiile mele nu sunt cele pe care le-ai pomenit mai devreme. Eu scriu lucruri reale, nu minciuni, iar cei din domeniul meu știu asta, așa că nu voi permite nimănui să mă acuze de așa ceva.

S-a ridicat în picioare și s-a apropiat de birou.

— Bine, Jackye, asta voi decide eu la final, atunci când voi citi interviul înainte să-l publici, a spus el și s-a ridicat de pe scaun la rându-i, apropiindu-se.

— Cum? Asta înseamnă că îmi acorzi interviul?

Atât de ușor să fie? Nu-mi vine să cred, a gândit ea uimită și un zâmbet firav i-a apărut pe buze.

— Așteaptă, încă n-am terminat, savură Josh momentul. Am niște condiții, dar dacă ești de acord, vei obține ceea ce-ți dorești. Dacă refuzi, vei avea un eșec, iar ție nu-ți place eșecul, așa-i, Jackye?

O privea de foarte aproape și parcă-i citea gândurile, lucru care o enerva.

Jackye îl putea simți cum respiră și-i vedea pieptul care se umfla în ritmul respirației. Materialul cămășii se mula foarte bine pe corp și această priveliște îi crescu din nou ritmul bătăilor inimii. Fără să stea prea mult pe gânduri, spuse cuvintele pe care spera să nu le regrete apoi.

— Despre ce e vorba?

A încercat să-și ignore emoția. Ar fi trebuit să se îndepărteze puțin, dar pe moment nu se simțea capabilă să o facă. Și-a spus că e doar pentru a-l observa mai îndeaproape. Era o chestie

profesională, pentru interviu, dar se gândea deja cum va transpune în cuvinte masculinitatea pe care el o afișa permanent și efectul puternic pe care îl avea... asupra celor din jurul său.

— Jackye, ești atentă? a întrerupt-o vocea lui fermă.

— Da, mă gândeam la interviu, a încercat ea să-și revină din stare.

— Îți spuneam condițiile mele: timp de o lună, mă vei însoți la toate evenimentele și cursele la care voi participa. Cu alte cuvinte, vei fi umbra mea, zise el serios. Tot timpul.

— Tot timpul? înghiți Jackye în sec.

— Da, fiindcă vei locui aici, cu mine. Doar trebuie să aduni cât mai multe informații, nu-i așa?

Zâmbetul lui s-a mărit. O urmărea atent, să-i vadă reacția.

— Dar presa... Presa va specula multe lucruri dacă fac... dacă facem asta... E vorba și de mine aici, a spus ea temătoare.

— Acum e vorba și despre tine, ca să vezi cum este când intri în vizorul ei... Nu-i nimic, putem ignora speculațiile sau putem declara că suntem iubiți, iar la finalul lunii vom anunța despărțirea noastră și gata, totul e rezolvat. Noi ne vom continua viețile ca și când toate astea nu s-ar fi întâmplat. E un schimb echitabil, nu crezi?

Și încă o dată îți spun, să fie foarte clar, vreau să văd articolul final înainte de publicarea lui.

Vorbindu-i, s-a apropiat de ea la doar câțiva centimetri.

— Dar dacă scriu despre tine și sunt presupusa ta iubită, vor spune că n-am fost obiectivă. Nimeni nu va mai lua în seamă articolul, a remarcat ea contrariată.

Nu mai fusese pusă într-o astfel de situație niciodată, iar asta o neliniștea.

— Vei publica articolul după presupusa noastră despărțire. Este vorba doar de o lună din viața ta, Jackye, nu e foarte mult, trebuie să recunoști, iar recompensa e una la care ceilalți reporteri nici nu visează, nu-i așa? Ai ocazia să iei un interviu faimosului campion de motociclism. Desigur, poți să refuzi propunerea mea, dar atunci nu vei mai publica nimic. Așa că, ce spui?

O provoca, da, o provoca, știa asta. Și-i simțea apropierea, aproape că se atingeau...

— Când... Când trebuie să-ți dau răspunsul? întrebă ea tremurând.

— Chiar acum.

Josh a privit-o cu indulgență și și-a trecut degetul peste buza ei inferioară.

— Ce faci? a sărit Jackye în spate, surprinsă. Magnetismul lui era ceva de care trebuia să se țină la distanță.

— Îmi intram în rol, s-a amuzat el de reacția ei.

— Dar încă nu ți-am acceptat propunerea.

Trăgea de timp și încerca să-și normalizeze pulsul și respirația.

— O vei face, știi că-ți dorești asta, a tachinat-o Josh, iar vorbele lui păreau să aibă și un sens ascuns.

Jackye observase cât de sigur era bărbatul pe el, aproape că o irita atitudinea lui, dar nu avea de ales. Dacă voia să obțină ce-și propusese, trebuia să facă întocmai. Cine a spus că e ușoară viața de reporter, s-a înșelat amarnic.

— Bine, accept, dar nu este cazul să-ți intri în rol atunci când suntem doar noi doi. Nu e nevoie de toate astea, zise ea serios, vrând să pară ironică. Și cu tatăl tău cum rămâne, îl vei minți?

— Nu, Jackye, iubito, nu-l voi minți, îl VOM minți. Împreună. Amândoi. Josh se apropie din nou de ea și încercă să o atingă.

— Încetează! Nu e nevoie să-mi spui astfel, suntem doar noi aici, nu te mai aude nimeni.

— Trebuie să exersez, râse din nou Josh.

Jackye nu se mai putu abține:

— Cât de nepăsător poți să fii! Nu te interesează că folosești cuvinte care nu sunt reale și, pe deasupra, îți minți tatăl, care de altfel este o persoană atât de plăcută, spre deosebire de tine!

— Într-adevăr? Nici nu mă cunoști și deja ți-ai format o părere despre mine?

Îi zâmbea în continuare, dar în glas i se auzea furia.

— Ce-am văzut până acum mi-e de ajuns.

— Lasă-l pe tata în seama mea. Mâine poți veni să semnăm actele, voi face un contract cu avocatul meu.

— Ce? Va fi și un contract? întrebă ea uimită.

— Desigur. Nu vreau să fiu păcălit de o fetișcană drăguță, cu aere de reporter. Ne vedem mâine, iubito, a luat-o el în brațe, privind-o cu pasiune. Fata a încercat să se opună, dar nu s-a putut mișca niciun milimetru. O ținea prea strâns lipită de pieptul lui. Și-a încordat trupul, arcuindu-și spatele ca să-l vadă mai bine.

— Dacă e cineva care-i minte și-i păcălește pe ceilalți, acela ești tu, Josh. Eu nu vreau decât să-mi fac meseria, să-ți iau un interviu. Și... Dă-mi drumul, nu-ți permit asta, zise ea încurcată. Încercase să-i ignore complimentele și să-l respingă, dar nu știa dacă reușise.

— Iar eu fac asta fiindcă îmi doresc, Jackye. Și spre deosebire de tine, nu încerc să mă abțin.

Într-o fracțiune de secundă, și-a apropiat buzele de buzele ei și a sărutat-o, savurându-i dulceața.

La început o făcuse din curiozitate, dar odată cu sărutul, și-a dat seama că voia tot mai mult.

Jackye a fost surprinsă de reacția lui pasională, dar după câteva momente de uluială, i-a tras o palmă zdravănă. Pentru a-l învăța minte, gândi ea.

— Nu ai niciun drept să faci asta, Josh! Eu nu sunt vreuna dintre femeile alături de care-ți petreci timpul. Să nu se mai întâmple, respiră ea cu greutate.

— De unde știi tu cum sunt femeile acelea?

— Fiindcă numai o femeie care nu gândește s-ar lăsa sărutată de tine, Josh Collins! L-a împins delicat și a ieșit repede din birou. Gill nu mai era în living, așa că a părăsit val-vârtej casa, s-a urcat în mașină și nu s-a oprit decât acasă. Și-a aruncat geanta pe fotoliu și s-a băgat direct în cadă. Se relaxa în apa fierbinte, însă imaginea lui Josh sărutând-o nu-i dădea pace.

O senzație stranie a cuprins-o, amintindu-și acest lucru. Pe de o parte era încântare, iar pe de alta rațiunea, conștiința, o îmboldea. Era incredibil tupeul lui Josh, dar nu avea de ales. Dacă dorea să scrie acel articol, trebuia să-i accepte condițiile.

A ieșit din baie și s-a apucat să-și facă bagajele, gândindu-se la Cathy și la ce îi va spune. S-a hotărât imediat: nu avea de gând s-o mintă

pe prietena ei, Josh nu o va transforma într-o mincinoasă, cel puțin nu față de Cathy, căci pe Gill trebuia să îl mintă, nu avea de ales.

S-a întins apoi în pat, încercând să digere noutatea acelei situații. Spera ca tot ceea ce avea să urmeze să nu o afecteze mai mult decât era cazul, iar Josh să-și respecte cuvântul dat.

În ziua următoare, Jackye a îmbrăcat o salopetă neagră, profitând de vremea frumoasă, iar părul și l-a strâns în coadă de cal. După o discuție lămuritoare cu Cathy, s-a urcat în mașină și a condus întins până la Josh acasă. Când s-a deschis ușa, abia a îndrăznit să-l privească în ochi:

— Am venit să semnez contractul acela...

Se simțea cu totul altfel în preajma lui. Avea o apăsare în piept și o neliniște interioară care nu-i dădea voie să fie ea însăși.

Fără să-și dea seama, privirea i-a alunecat pe trupul lui Josh, măsurându-l de sus până jos. Iar când a observat că și el făcea același lucru, inima a început să bată repede–repede.

— Bună, Jackye, intră, a invitat-o el ceremonios. Arăți foarte bine astăzi.

Vocea și mișcările îi erau dezinvolte. A condus-o în birou, încercând să o apuce de talie, dar ea a luat-o înainte, ignorându-i gestul.

Ce ironie, gândi Jackye, cu doar o zi în urmă ar fi alungat-o din fața casei lui fără nicio remușcare, iar acum o invita să-i intre direct în bârlog.

— Nu mai face asta, te rog!

— La ce te referi?

Glasul sunase inocent și privirea-i era jucăușă.

— Nu vreau să te apropii prea mult de mine. Nu pentru asta mă aflu aici. Nu vreau să mă săruți, să mă îmbrățișezi și nici să-mi spui cuvinte mincinoase. Singurul lucru pe care-l vreau este să-ți respecți cuvântul dat, atât.

Lui Josh i-a apărut o umbră în priviri, iar asta a neliniștit-o, dar nu voia ca el s-o confunde vreo clipă cu una dintre femeile care erau înnebunite după el.

— În public va trebui să suporți toate astea, Jackye. Asta e, ai înțeles?

— Doar în public. Nu uita asta.

Și-i zâmbi triumfătoare. Era atât de bine că putuse să facă să-i dispară zâmbetul acela arogant de pe chip, încât pur și simplu savurase momentul.

Jackye s-a așezat pe fotoliu și a încercat să se concentreze asupra lecturii contractului, dar faptul că el stătea sprijinit de birou, în picioare, în

fața ei, în tricou alb și pantaloni scurți, negri, nu prea-i era de mare ajutor.

— Vrei un suc sau altceva?

A ridicat în sfârșit ochii din document. Pentru o clipă, i s-a părut că vede sinceritate pe chipul lui, iar asta a derutat-o. Nu-i plăcea deloc să se simtă astfel în preajma lui.

— Un suc de portocale, dacă se poate, mulțumesc.

I-a zâmbit și, înainte să-și coboare din nou privirea asupra foilor, i-a văzut și lui zâmbetul.

Josh a ieșit din birou. S-a pus serios pe citit contractul, trebuia să știe ce i se pregătea.

Când Josh s-a întors și i-a dat paharul, degetele li s-au atins, unindu-se pentru câteva secunde. S-au privit direct, ochi în ochi, fără să clipească.

— Mulțumesc, i-a șoptit ea, sperând că nu-i tremurase vocea.

— Cu plăcere. Josh și-a luat locul, lăsându-se din nou pe marginea biroului.

— L-ai citit?

— Da, pare în regulă. S-a ridicat și s-a apropiat și ea de birou. Semnăm?

Umăr la umăr, s-au înghesuit ca să scrie pe contract. Atingerea părea să-i stânjenească. Mai mult pe ea.

— Jackye, nu face asta. Nu trebuie să tresari de câte ori sunt aproape de tine. Nu mănânc oameni, cu atât mai puțin femei.

— E bine de știut, a chicotit ea. Și s-a tras doi pași în spate, pentru orice eventualitate.

— Ce vom face acum? a întrebat ea gânditoare, dar imediat s-a gândit dacă întrebarea ei putea fi interpretată.

— Am putea face turul casei, de exemplu, ca să vezi unde vei locui timp de o lună. Și vom începe cu exteriorul, apoi grădina, iar la final, dormitorul tău, mustăci el.

Privirea lui Josh avea ceva ciudat în ea. Curtea era specială, dar Jackye a fost cucerită imediat de grădină: trandafiri și magnolii de toate culorile o făceau să arate impresionant. Superb, s-a minunat ea.

Câțiva pași mai departe era o terasă și un mic iaz cu pești aurii. Foarte puțin beton și multă verdeață. Gândul că ar fi putut petrece ore întregi acolo o emoționa: dacă ar fi avut o grădină, așa ar fi vrut să arate. Și-a amintit de visul ei din copilărie.

— Îți place? a observat el zâmbetul larg și sincer de pe chipul fetei.

— Da, Josh, e foarte frumoasă, își controlă Jackye reacția. Nu voia să-i pună sufletul pe tavă.

— Și nu ai văzut decât o parte. Interiorul e la fel de frumos, a continuat el zâmbitor, căci observase reținerea ei. Nu vreau să mă laud, dar tatăl meu și cei care au muncit aici au făcut treabă bună, nu-i așa?

— Într-adevăr, totul este așa cum ar trebui să fie, foarte frumos. Dar... nu ai spus niciun cuvânt despre mama ta. Unde este?

Avea mai multe întrebări, dar se abținu să le mai pună atunci când văzu privirea lui întunecată.

— Nu e nimic de spus. Deja ai început interviul?

Josh și-a pierdut brusc buna–dispoziție.

— Era doar o simplă întrebare, nu trebuie să iei orice spun ca pe un interogatoriu, nu asta făceam. Eram doar curioasă, dar dacă te deranjează subiectul, nu te mai întreb despre asta.

— Cea care mi-a dat viață ne-a părăsit, pe mine, pe tata și pe... Nu contează. Acum mulți ani, în copilărie. Ești mulțumită?

Și-a încordat maxilarul cu putere și a privit-o în treacăt, după care s-a întors și s-a îndreptat spre casă, vizibil afectat.

— Nu, nu sunt mulțumită, Josh, a spus ea realizând deodată cât de aspru îl judecase și îl etichetase înainte de această discuție. N-aș putea

fi mulțumită de suferința altcuiva, nu sunt lipsită de suflet, așa cum ai tu impresia, chiar dacă am meseria pe care o am. Înainte de toate, sunt om și nu vreau să-ți formezi o impresie greșită despre mine, mă auzi?

L-a prins de braț, bănuind că doar astfel îi putea atrage atenția. Josh s-a oprit într-adevăr, uimit de gest și a privit-o cu un amestec de suferință și duritate.

— Nu vreau mila ta, Jackye. M-ai întrebat, iar eu ți-am răspuns. Atât. Lucrul ăsta nu e de scris prin reviste, îl știut doar de cei apropiați. Să nu îndrăznești să publici asta, sau vei regreta amarnic, ai auzit?

A prins-o la rândul lui de mâini, ferm, așteptând o confirmare.

— Am înțeles, Josh. Dar asta nu fiindcă mi-ar fi teamă de tine, ci din respect, ca să știi. Nu vreau să mă amestec în ceva ce nu mă privește.

S-a uitat la el cu tristețe, dar acea tristețe care vine dintr-o înțelegere mai profundă.

— Ai dat de înțeles că ar mai fi o persoană pe care gestul mamei tale a făcut-o să sufere. Despre cine-i vorba? a întrebat ea, neputându-se abține.

Voia să îl facă să vorbească, să se descarce, să-l ajute în vreun fel, să-i aline cumva suferința.

Jackye nu putea înțelege gestul acelei femei care îl făcuse să sufere. Nu-i venea să creadă că acesta era unul dintre secretele atât de bine ascunse ale lui Josh, dar o surprindea și propria ei reacție. Suferea și ea la rându-i, pentru el. Spera să fie doar empatia la mijloc, nu altceva.

Spre uimirea ei, Josh a strâns-o la piept și a îmbrățișat-o cu putere. Ea s-a lăsat moale și i-a răspuns la îmbrățișare, spunându-și că doar de data asta. Chiar și marele Josh Collins avea nevoie de o îmbrățișare uneori. N-ar fi fost bine deloc pentru ea, dar nici pentru interviu, dacă ar fi fost și altceva.

— Nu pot să-ți spun, cel puțin nu acum. E prea mult pentru mine, Jackye. Nici măcar nu știu ce m-a determinat să-ți zic toate astea, n-ar trebui să am încredere în tine…

A desprins-o de el, împingând-o la o distanță la care o putea privi în ochi. Dar fata i-a zâmbit cald.

— Poți avea încredere în mine, Josh, vei vedea, a spus ea serioasă.

Josh a părut să-și revină din starea care l-a cuprins, căci tonul lui s-a înveselit. A prins-o de talie și a tras-o după el:

— Hai să mergem în casă, trebuie să vezi și acolo.

De data asta, Jackye n-a mai protestat. Doar de data asta, și-a spus din nou, simțind căldura mâinii lui.

— Să nu te obișnuiești cu asta, l-a atenționat ea zâmbind, făcând cu ochiul și arătându-i mâna cu o mișcare a capului.

— Dacă spui tu... Cine știe, poate că aș putea să mă obișnuiesc, a tachinat-o el, mângâindu-i ușor mijlocul.

— Asta e camera unde vei sta, a spus bărbatul ceremonios, analizându-i reacția.

Iar aceasta fu pe măsură. Jackye privea în jur cu uimire, cuprinsă de un sentiment de panică pe care abia și-l putea stăpâni. Se afla în camera lui Josh. Totul purta amprenta lui: posterul oficial, medaliile, trofeele, o fotografie cu el la bustul gol pe motocicletă, chiar și o motocicletă în miniatură, așezată pe masa cu medalii și trofee. Era o cameră spațioasă, luminoasă, cu pereții tapetați în albastru.

— Asta-i camera ta. Cum să stau eu aici? Cred că ai greșit ușa.

Spera că făcuse o glumă, dar simți un gol în stomac privind patul mare, acoperit de cuverturi albastre.

— Nicidecum, frumoasă Jackye. N-am făcut nicio greșeală. Aici vei sta, adică aici vom sta, zise

el accentuând ultimele cuvinte și savurându-i reacția.

— Nu! Nu accept așa ceva, zise ea simțind furia care o cuprindea.

— Jackye, privește-mă, se trase el mai aproape, ai pe cineva?

— Nu, dar ce legătură are asta cu....

Era atât de tensionată, încât nu mai putea gândi clar.

— Nici vreo posibilă iubită de-a ta nu ar fi încântată de... asta, zise ea arătând pe rând cu degetul spre el, apoi spre ea.

— Nu am nicio iubită momentan, așa că n-ai de ce să-ți faci griji.

Jackye l-a privit consternată, dându-și seama cât de serios era. A tresărit la gândul că el ar putea sta lângă ea în patul acela, în patul lui.

— Oricum, asta nu e bine. Nu putem face asta... Eu nu fac lucruri de genul ăsta...

— Poți să te liniștești, nu voi dormi lângă tine, uite aici... și scoase dintr-un dulap un pat pliant, ducând în același timp un deget la buze, ca și când i-ar fi spus un secret despre care nu mai trebuia să știe nimeni altcineva în afară de ei doi.

— Nu te mai învârti atât prin cameră, mă amețești, a încercat Josh s-o potolească, amuzat de reacția ei agitată.

— Nu pot să nu fiu agitată. Asta e o capcană. Credeam că voi avea propria mea cameră. Sunt destule în casa asta, nu trebuie să stăm așa... înghesuiți. Niciunuia dintre noi nu i-ar fi confortabil, a zis ea aproape cu disperare în glas și l-a privi cu respirația tăiată cum vine spre ea.

— Eu unul nu am nicio problemă cu asta, i-a imitat gestul de mai devreme, punându-și mâinile pe brațele ei. Acum oprește-te cu plimbatul ăsta, nu trebuie să reacționezi așa, nu sunt vreun infractor sau maniac, pentru ca tu să fii atât de tensionată în preajma mea.

Mângâie obrazul ei cu o tandrețe care-o atinse pe Jackye până în adâncul sufletului.

— Și cum vrei să reacționez? M-ai păcălit doar ca să mă pui în situația asta, ce ai vrea să spun? Vai, Josh, dar sunt încântată să dorm în aceeași cameră cu tine, nu știu de ce nu mi-ai propus asta din prima clipă în care m-ai văzut...

I se simțea ironia din glas și-l săgetă cu privirea, tremurând la atingerea lui blândă.

— Tot e bine că ai simțul umorului, Jackye, iub... ă... tuși el ușor pentru a o induce în eroare. Se pare că nu ne vom plictisi împreună în această lună, ba din contră, va fi chiar captivant...

— Ăsta nu e simțul umorului, e ironie, Josh, a remarcat Jackye simțind că își pierde rațiunea cu

totul din cauza tachinărilor lui sau a gesturilor lui, nici ea nu mai știa.

— Eu aș zice să te instalezi cât mai repede. Astea sunt dulapurile tale.

S-a desprins cu greutate. Ceva, nici el nu știa ce, îl incita la ea, deși n-ar fi trebuit, era conștient de asta.

Jackye a rămas pe loc, împietrită. Nu-i venea să creadă în ce situație era pusă și mai ales de către cine... Cel puțin nu încercase să o sărute din nou mai devreme.

— Chiar trebuie să fac asta, să-mi faci asta? Înțelege că nu pot să stau în aceeași cameră cu tine... s-a plâns ea simțind că nu mai are scăpare.

— De ce, am vreo boală contagioasă?

Jackye pufni.

— Ah, Josh! Nu e vorba despre asta, ci de faptul că eu nu obișnuiesc să împart spațiul meu cu vreun necunoscut.

Simțea că echilibrul ei psihic e tot mai greu pus la încercare, iar el stătea acolo, în fața ei și se amuza copios, de parcă ceea ce i-ar fi spus ar fi fost un lucru obișnuit.

— Nu ai altă soluție decât să te resemnezi, Jackye, sau putem rupe contractul chiar în clipa asta.

A venit în fața ei și a privit-o direct, cu severitate.

Jackye a oftat lung. Cu mare drag i-ar mai fi dat o palmă peste fața aia zâmbitoare, dar dorința de a ieși victorioasă din provocarea aceea o oprea.

— Bine, dar asta nu înseamnă nimic altceva, să fim bine înțeleși, a îndreptat într-un mod amenințător spre el degetul arătător.

— Am înțeles, războinică mică!

Josh i-a apucat degetul în mână și i l-a sărutat, privind-o cu viclenie, dar ea și-a retras mâna din mâna lui și s-a tras câțiva pași înapoi, simțindu-se electrocutată de acel gest, de ceea ce simțise atunci când el îi sărutase degetul.

— Acum, că ne-am lămurit în toate privințele, spune-mi unde e Gill, aș vrea să-l salut, încercă ea să scape de sub efectul lui răscolitor.

— Gill? ridică Josh o sprânceană.

— Da, Gill. El mi-a zis să-i spun pe nume, zise Jackye pierzându-se timp de câteva secunde în privirea lui albastră și liniștitoare.

— Tatăl meu e la clubul de golf, acolo se relaxează, ca să mai scape de plictiseală. Dacă vrei, putem să-i facem o vizită, oricum nu avem altceva de făcut până mâine, când particip la un concurs.

— Bine, hai să mergem!

Au ieșit afară, în curte, iar Martha le-a venit în întâmpinare.

— Bună ziua, domnișoară Rowen, Josh, vreți să vă aduc ceva? întrebă ea zâmbitoare.

— Bună, Martha. Pentru mine nu, mulțumesc.

Josh i-a zâmbit și a îmbrățișat-o lung. Pe Jackye a străbătut-o brusc un fior de emoție în fața acelei imagini plină de tandrețe. Se putea observa cât de mult țineau unul la altul.

— Bună ziua, nici eu nu vreau nimic, mulțumesc, a zâmbit Jackye amabilă și înțelegătoare.

— Noi plecăm la club, vrem să-i facem o surpriză tatălui meu.

— Bine, dar să vă întoarceți repede, am pregătit o prăjitură cu fructe foarte gustoasă.

— În mod sigur ne grăbim, stai liniștită, zise Josh sărutând-o pe obraz, după care s-a întors spre Jackye.

— Urcă, îți prezint obiectul meu favorit: Dark Passion, i-a arătat el motocicleta.

S-a oprit indecis, observându-i ezitarea.

— Acolo? Am crezut că mergem cu mașina, oftă fata, văzându-i ușurința cu care el se urcase pe motocicletă.

— Ți-e frică? a provocat-o Josh.

— Nu, doar că nu m-am mai urcat niciodată pe o motocicletă.

— Ei bine, pentru orice există un început.

Josh i-a pus cu grijă casca, apoi și-a pus-o și el.

— Te ții bine de mine, ai auzit? Are să-ți placă, îți garantez!

Jackye își simțea deja tremurul corpului. Poate că nu doar din cauză că mergea pentru prima oară pe motor. Și-a încolăcit brațele pe mijlocul lui și a încercat să nu-și apropie picioarele de ale lui, însă când Josh a pornit și a accelerat, a devenit conștientă că priza nu era suficientă.

— Ține-te bine, nu te jena, i-a strigat el peste umăr. E spre binele tău. Din mers, cu o mână, îi ghidă mâna și o trase mai aproape, lipind-o de spatele lui, savurând atingerea.

Jackye a făcut întocmai, încercând să se bucure de moment. Inima îi bătea mai puternic din cauza adrenalinei, a vitezei, dar și a apropierii dintre ei, dar se bucura că Josh nu exagera și conducea cu viteză acceptabilă.

— Cum e, îți place?

— Da... e o senzație unică! A strigat fata pe un ton ridicat, încercând să acopere zgomotul.

Drumul n-a fost aglomerat, iar Jackye a trecut încet–încet la o stare de bine. Din ce în ce mai bine. Trăia un sentiment de libertate pe care nu-l mai simțise vreodată. Peisajul se vedea cu totul altfel

de pe motocicletă, iar mușchii lui Josh erau atât de puternici și se încordau permanent în timp ce el manevra obiectul preferat! Așa îl simțea: puternic și echilibrat, dar și una cu motocicleta.

La un moment dat, într-o curbă, Josh s-a lăsat atât de aproape de asfalt, încât Jackye a fost nevoită să se agațe cu totul de el și să se lipească complet de spatele lui.

— Ești bine? a întrebat-o el pe un ton inocent, dar Jackye putea să jure că o făcuse dinadins.

— Da, doar că a fost neașteptat.

Își mușcase buza, dar savura emoțiile prin care trecea. Nu-i era deloc ușor să-l simtă atât de aproape, când de fapt nu dorea niciun bărbat în felul acela. Nu putea. Avea sufletul atât de rănit din cauza amintirilor odioase, pe care încercase din răsputeri, de-a lungul anilor, să le distrugă, să le uite, să le șteargă, dar nu reușise. De câte ori se simțea fericită, era de ajuns un gest, o aromă, o adiere a vântului, o zi anume din calendar, o privire ciudată, pentru ca senzația aceea de teamă să o cuprindă iar și iar și să nu lase pe nimeni să se apropie de ea. Îi venea să se desprindă de el, dar fiindcă erau încă în mers, nu putea să facă asta.

Restul drumului a fost parcurs în tăcere, iar Jackye s-a concentrat asupra peisajului care se lăsa descoperit și admirat. În scurt timp, Josh a

oprit motocicleta și a coborât, apoi i-a întins mâna ca să o ajute, dar ea l-a refuzat. S-a dat jos singură. Și-a luat casca de pe cap și i-a dat-o lui Josh, care o privea puțin confuz, studiind-o cu atenție:

— Am ajuns. Ți-a plăcut călătoria?

— Da, mulțumesc. Bănuiesc că ne vom întoarce tot cu motocicleta, nu-i așa?

— Bineînțeles, cum altfel am putea ajunge la timp ca să mai prindem caldă prăjitura făcută de Martha? Numai când mă gândesc, îmi vine să mă întorc acasă chiar acum, așa că vizita aici s-ar putea să fie una foarte scurtă, i-a zâmbit el și-a invitat-o să intre pe poarta maiestuoasă a clubului de golf.

— Ai dreptate, Martha m-a făcut curioasă și pe mine. Mai sunt și pofticioasă...

Zâmbetul ei făcea cât o cursă câștigată, se gândi Josh.

— În mod sigur abia așteaptă să o lauzi.

S-au urcat în mașinuța de golf și au pornit spre terenul lui Gill.

— În sfârșit, mă aflu din nou într-o mașină, chiar dacă e de golf, s-a amuzat Jackye.

— Nu te mai plânge, nici cu motocicleta n-a fost atât de rău..

— Ai dreptate, n-a fost, dar mi se pare mult mai periculos, i-a evitat ea privirea.

— Nu-ți plac motocicliștii, nu-i așa? Crezi că suntem niște ciudați, maniaci, periculoși, și că nu se poate ca cineva să aibă încredere în noi, am dreptate?

Mașinuța s-a oprit din mers. Jackye s-a întors brusc spre el, uimită de cât de bine îi redase, în doar câteva cuvinte, imaginea pe care o avea, în general, despre motocicliști, dar și despre piloții de curse, pe orice ar fi concurat ei.

— Ei bine, nu suntem toți așa. Am prieteni buni, tot motocicliști, și cu toții avem această pasiune comună: viteza. Majoritatea dintre noi putem spune că ne-am născut cu pasiunea asta, dar o practicăm în mod sportiv, în competiții sportive, în timp ce acolo, pe șosea, suntem responsabili, iar uneori ne mai întâlnim la câte un eveniment, pentru a ne admira reciproc jucăriile pe două roți, dar și pentru o plimbare. Așa că, Jackye, cel puțin cei pe care-i cunosc eu nu sunt așa, iar în categoria asta sunt inclus și eu.

I-a apucat fața între palme și a privit-o enigmatic, forțând-o să se uite în ochii lui:

— Ai înțeles?

— Așa cum ție nu-ți plac reporterii, așa nici eu nu prea agreez domeniul vostru, al vitezei și în general pe cei care practică sportul ăsta.

— Atunci cred că suntem chit.

S-a apropiat la câțiva centimetri de buzele ei ademenitoare.

— Josh, poți să-mi dai drumul acum? N-ar trebui să mă ții așa, te rog...

Spera ca el să n-o sărute. Era ciudată fascinația asta a lui.

— Da, știu, trebuie... oftă el, înainte să-și retragă mâinile.

S-a întors și a pornit-o agale spre terenul unde juca Gill. Jackye l-a urmat în tăcere, dar la un moment dat l-a oprit, l-a îmbrățișat și l-a sărutat scurt. Și a plecat mai departe, fără să se uite în urmă ca să vadă efectul gestului pe care tocmai îl regreta...

Josh și tatăl lui s-au îmbrățișat scurt, iar când a zărit-o, Gill a salutat-o bucuros:

— Hey, Jackye, drăguțo, ce mai faci?

— Bine, mulțumesc, am venit să te vizităm, l-a salutat și ea, oferindu-i un zâmbet cald.

— Ce faci, Josh, te bagi la o partidă?

— Nu cred c-avem timp, suntem doar în trecere.

Jackye îi privea și și-a dat seama de unde provenea farmecul misterios al motociclistului: în timp ce Gill avea o frumusețe matură, Josh putea stârni o adevărată furtună în sufletul femeilor.

Au urmărit o vreme jocul, iar Gill a invitat-o să lovească mingea. Nu știa cu ce se mănâncă jocul, nu atinsese niciodată o crosă, dar n-a avut încotro. În timp ce ținea crosa, Josh venise în spatele ei, își puse mâinile pe mâinile ei și îi ghidă mișcările.

— Uite așa, și trebuie să îți dozezi puterea: nu trebuie să lovești mingea prea puternic, dar nici prea încet. Trebuie să te concentrezi, să încerci să-ți atingi scopul.

Au lovit mingea împreună, sub privirea discretă a lui Gill, care zâmbea în colțul buzelor. Reușiseră împreună lovitura. Josh se îndepărtă câțiva pași și își băgă mâinile în buzunar, privind terenul în zare. Era frustrant pentru el faptul că ceva îl atrăgea atât de mult și, contrar rațiunii, ar fi îmbrățișat-o mai tot timpul, deși o cunoștea doar de două zile.

Era ciudat și comportamentul ei: dacă alte femei ar fi vrut să fie în preajma lui și să-l atingă, făcând ele primul pas chiar de la prima întâlnire, în schimb Jackye făcea lucrurile pe dos, îl ținea la distanță, iar asta îl intriga.

Duse palma la frunte și privi următoarea ei lovitură, pe care Jackye o rată.

— Cred că nu mă împac bine cu jocul ăsta, zâmbi ea, înmânându-i crosa lui Gill.

— Nu spune asta, trebuie doar să încerci. Gill observase atitudinea agitată a lui Josh, își dădea seama că nu era în apele sale. Frământat de ceva sau... Hmm, de cineva... Se uită și după Jackye, care se urcase deja în mașinuța de golf, așteptând. Josh o urmărise discret cu privirea. Zâmbi. Ar face o pereche frumoasă!

— Tată, noi plecăm, ne așteaptă Martha acasă, cu prăjitura ei specială.

— Mergeți, vin și eu imediat cu Hugh, mă așteaptă deja la mașină.

Josh s-a urcat în mașinuță și a dat să pornească motorul. Jackye l-a luat de braț și l-a oprit:

— Te rog, lasă-mă pe mine, n-am mai condus o mașinuță de golf și n-aș vrea să ratez ocazia...

— Bine, treci la volan, se învoi el. Aștept ca, într-o zi, să-mi spui același lucru referitor la motocicleta mea, îi zâmbi ispititor, după care s-a mutat pe scaunul din dreapta.

— Cine știe, poate chiar o voi face, de ce nu?

Jackye porni, victorioasă, motorul. Avea în acele momente un sentiment de libertate pe care rar îl simțise, dar care îi dădea o stare uluitoare de bine.

— Josh?

— Da?

— Ce i-ai spus lui Gill... despre noi?

— I-am spus doar că am acceptat să-ți acord acel interviu, că vei locui la noi acasă, lucruri reale, de altfel, nu-i așa? zise el făcând aluzie la discuția din ziua precedentă.

— Așa e, dar când va afla că eu... Că tu mi-ai zis să... În sfârșit, știi tu... Cine știe ce părere își va face despre mine.

— Nu-ți mai face atâtea griji pentru nimic. Ce-ai spune să mă însoțești mâine la o cursă? Așa vei vedea și tu cum e atmosfera acolo, îți va plăcea cu siguranță, s-a entuziasmat el dintr-o dată.

— Ok, de acord, a acceptat ea imediat, dar știa că starea de bine era pe sfârșite. Trebuia să meargă acolo, pe pistă, din interese profesionale, dar nu mai participase la așa ceva de câțiva ani buni, de când cu accidentul. Jackye a simțit cum volanul i se răsucește în mâini și mașina o ia în altă direcție. Josh învârtea ușor de volan, ca să n-o sperie.

— Ce faci?

— Mergeai în direcția greșită, Jackye.

— Așa e, n-am fost atentă, iartă-mă.

— Treci în locul meu, conduc eu de aici. E ceva care nu e în regulă?

— Nu, nu, sunt bine, i-a evitat ea privirea.

— Ești sigură? Am impresia că te preocupă ceva despre care nu vrei să vorbești.

— Sunt bine, stai liniștit. I-a făcut cu ochiul ștrengărește: am și eu secretele mele, stările mele, chestii care nu te implică pe tine.

— Dacă într-o zi vei dori să-mi împărtășești aceste secretele, nu ezita, promit să nu scriu la ziar, i-a zâmbit și el la fel de ștrengărește, dar cu o privire serioasă, care îi transmitea atât de multă încredere, încât ea nu știu cum să reacționeze. N-a mai spus nimic, dar a simțit că se poate pierde tot mai mult în privirea aceea albastră ca cerul senin de vară, care putea fi atât de dură, dar și atât de blândă în același timp. Aproape că-i venea să aibă încredere în el, dar rațiunea îi șoptea că e prea repede ca un necunoscut să-i inspire încredere. Totuși, asta i se întâmpla, fiindcă privirea lui spunea mai mult decât cuvintele...

Au ajuns la motocicletă, și-au pus căștile și au demarat. După câteva minute, Josh a oprit motocicleta pe marginea drumului.

— Ce s-a întâmplat?

Erau lângă un parc liniștit, unde nu mai era nimeni. Josh a pus cricul, s-a dat jos și a scos casca.

— Coboară, vreau să-ți propun ceva.

— Deja simt că nu voi fi prea încântată.

— Iar te ambalezi degeaba, a zis el îndesându-și mâinile în buzunare. Judeci lucrurile înainte

să le trăiești, Jackye. Uite, azi ai făcut trei chestii pe care nu le-ai mai făcut înainte și nu ți-au displăcut. Mă gândeam să mai adaugi ceva pe listă, fiindcă viața e prea scurtă să nu profiți de ocaziile pe care ți le oferă.

— Și tot acest discurs este pentru ca tu să mă convingi să...? ridică ea o sprânceană.

— Să faci ceva ce n-ai mai făcut: să mergi pe motocicletă în fața mea, cu fața la mine. Doar câțiva metri, să vezi cum e. Îți va plăcea la nebunie!

Zâmbetul lui era irezistibil.

— Așa-ți cucerești tu admiratoarele? a zis ea cu ironie în glas. Spune-mi, funcționează tactica asta?

— În cazul tău, nu cred că trebuie să-ți faci griji. Tu nu ești o admiratoare, ești doar cea care-mi va lua un interviu și va scrie un articol despre mine, nu-i așa? a spus Josh provocator și sigur pe el.

— Așa e...

Jackye simți că roșește.

— Deci, ce spui? Haide, nu voi merge cu viteză, știi doar că poți avea măcar atâta încredere în mine.

— Sper să nu fie o altă capcană, altfel cobor și merg pe jos până acasă.

Jackye încerca să pară fermă pe poziție, dar nu era sigură că și reușea.

— Dacă vrei să mergi câteva ore pe jos, n-ai decât. Suntem doar noi doi aici și se pare că nu ai altă soluție decât să te întorci acasă cu mine, a râs Josh.

Jackye s-a încruntat, dar el se urcase deja pe motocicletă. Cumva, nici ea nu știa cum, avea puterea de a o convinge să-i facă pe plac, iar asta o punea pe gânduri. S-a urcat în fața lui, în poziția care-i fusese indicată, sprijinindu-se de rezervorul de benzină.

— Pune picioarele în jurul meu, a îndemnat-o Josh, reținându-și cu greu un zâmbet.

Ea ezită, căutând o poziție în care să stea cât mai comod.

— Dacă nu faci asta, picioarele vor atinge asfaltul și nu cred că vrei asta. Martha nu mi-ar mai da să gust din prăjitură dacă nu te aduc teafără acasă.

— Acum ar trebui să-mi fie milă de tine? A râs Jackye, iar râsul ei se pierdu în râsul lui.

Asta-și dorea, să o vadă râzând, să o simtă relaxată. Și-a tras tricoul peste cap, l-a scos și l-a pus în buzunarul pantalonilor scurți. Gestul intempestiv și trupul bine lucrat i-a tăiat fetei respirația.

— Ce e? Mi-e cald. Haide, Jackye, n-o mai lua atât de personal și prinde-te de mine, nu e mare lucru.

— Sigur că da, de parcă eu aș face asta în fiecare zi!

O ajută să-și pună picioarele în poziția de siguranță, lăsându-și pentru câteva secunde mâinile pe genunchi. În tot acest timp el a privit-o în ochi, încercând să-i surprindă reacțiile. Ea și-a strâns picioarele în jurul șoldurilor lui. Mușchii puternici, încordați, atingerea pielii, dar și siguranța pe care i-o transmitea nu făceau decât să-i accelereze bătăile inimii.

— Probabil că nu faci asta tot timpul, i-a spus el serios, dar o faci cu mine și trebuie să rămâi întreagă.

Josh a apucat manetele motocicletei, apoi a accelerat încet, fiind atent atât la drum, cât și la ea. Jackye stătea lipită cu totul de Josh. Era agitată, dar și entuziasmată, chiar dacă nu prea voia să pară.

— Cum e?

— Ok, zise ea serioasă, minimalizând intenționat senzația pe care o trăia. Nu voia să-i dea mai multă satisfacție decât avea deja în privire.

— Ochii te trădează, Jackye. Îți place la nebunie ce îți fac... adică asta, plimbarea... zise Josh

vesel. Îi plăcea cum îi simțea trupul lângă al lui, îi plăcea poate cam mult.

Se gândi serios câteva secunde, după care zâmbi din nou. Voia să se bucure de asta, nu să se gândească prea mult la ei, la poziția provocatoare, cu picioarele în jurul lui și lipită cu totul de el, îmbrățișându-l. Fusese ideea lui, iar acum nu avea decât să suporte...

— Știi ceva, ai dreptate, îmi place, îmi place foarte mult, și Jackye l-a privit fericită, nemaiputându-se abține.

— Mă bucur. Ai văzut că am avut dreptate?

Și-a lipit buzele de urechea ei, înfiorând-o.

— Da, din nou! se recunoscu ea învinsă, dar era fericită. Se gândea la ce ar spuse Cathy dacă ar vedea-o așa.

— Nu te folosi de faptul că sunt momentan neputincioasă, Josh. Când voi coborî pe pământ, mă voi ocupa te tine, trebuie să te fac să suferi și tu puțin, dacă mai continui să te apropii așa de mine.

— Deja mă faci... Nu te mai gândi la asta, la noi, la nimic, doar trăiește clipa și bucură-te de ceea ce simți, iub...

Josh și-a afundat buzele în părul ei, aproape de gâtul ei, pentru a nu rosti tot cuvântul.

Nu înțelegea nici el ce i se întâmplă, dar nu se putea abține, voia tot mai mult... Și savura momentul, fiindcă nu știa când va mai avea ocazia să o simtă astfel.

— Ai dreptate, din nou... s-a încruntat ea în glumă. E foarte plăcut să te simți atât de liber, de fericit, de încrezător...

— Așa e... Știi, nici eu n-am mai făcut asta până acum. Ești prima cu care merg așa pe motocicletă.

Respirația îi era sacadată. S-a dezlipit de gâtul ei și a privit-o rapid, doar pentru că a vrut să-i vadă fața când îi spune asta.

— Adică ai făcut un experiment cu mine?

Jackye se pierdu în profunzimea ochilor lui.

— E urât să-i spui astfel, dar dacă tu vrei așa, atunci pentru mine a fost un experiment frumos, îi zise el.

A oprit motocicleta și i-a cuprins talia cu mâinile, apoi și-a apropiat buzele de buzele ei. Jackye a tresărit.

— Josh... Nu, te rog!

Însă nu doar teama era cea care o făcea să se simtă astfel. Mai era ceva în interiorul ei, ceva ce nu putea defini, o curiozitate care o atrăgea spre el ca un magnet.

— Ba da, Jackye, doar puțin...

I-a mângâiat buza inferioară cu degetul mare, i-a atins ușor buzele cu buzele lui, după care a sărutat-o, absorbit cu totul de ea.

Jackye simțea o căldură care îi traversa tot corpul. Era atâta pasiune în acel sărut, încât a avut sentimentul că se va topi în brațele lui. L-a împins de umeri, vrând să-l îndepărteze, dar s-a trezit că-i mângâie părul.

Josh a lipit-o de el și a sărutat-o flămând, explorând intimitatea gurii ei și mângâindu-i talia, până când ea, roșie la față, l-a dat la o parte.

— Josh, nu mai... Te rog... Vreau să am încredere în tine, dar nu voi putea, dacă tot faci asta... Te rog, lasă-mă să cobor și hai să mergem, se face târziu.

Nici ea nu știa cum ar fi trebuit, dar mai ales cum ar fi vrut să reacționeze. Părea că undeva în inima ei se dădea o luptă cu ea însăși pentru dreptul la fericire.

— Nu s-a întâmplat nimic grav, zise Josh respirând cu greutate. Îi mângâia obrazul și o privea. Jackye a tras o gură mare de aer. Tremura ușor.

— Aș vrea să uităm acest... incident și să plecăm. Te rog, nu te mai uita așa la mine, nu putem face asta...

— Ce e, ți-e teamă de mine? a cercetat-o el cu privirea.

— Puțin... Și nu vreau să mai faci ce-ai făcut, ți-am mai spus de atâtea ori.

— Nu trebuie să-ți fie teamă de mine... Aș fi vrut să nu se mai termine, asta e, sunt un bărbat sincer și direct și nu vei auzi de la mine decât ceea ce simt, chiar dacă asta te deranjează.

Coborî de pe motor și o ajută să se așeze din nou în spate.

— Hai să plecăm, Josh. Căldura ți-a făcut rău, i-a zis ea serioasă, tremurând la gândul că trebuia să se agațe din nou de el.

— Dacă tu vrei să te minți astfel, treaba ta, eu n-am s-o fac.

Motorul torcea frumos și drumul era lin. A băgat viteză, încercând să recupereze timpul.

Acasă îi aștepta deja toată lumea. Au mâncat și s-au bucurat de prăjitura Marthei, alături de Gill și Hugh, șoferul lor. Jackye era surprinsă plăcut, s-ar fi așteptat ca ei să mănânce în sufragerie și nu în compania angajaților, dar simplitatea asta o uimise din nou. Nu erau snobi, așa cum s-ar fi așteptat, iar asta adăuga o nouă bilă albă pentru Josh, spre neliniștea ei.

— Cum a fost la plimbare? A întrebat Gill, mai mult pentru a destinde atmosfera.

Între Jackye și Josh era o tensiune pe care chiar și el o putea simți. Observase că aproape nici nu se priveau, iar de vorbit, nici atât.

— Frumos. E frumos acolo, la clubul de golf, a spus Jackye amabilă. Prăjitura e foarte bună, o felicită ea pe Martha, care zâmbea.

— Mulțumesc, mă bucur că-ți place, a zis Martha fericită.

— Și cu voi ce se întâmplă? Simt ceva în atmosferă și parcă nu prea-i de bine, a trântit-o Gill direct, așa cum îi era obiceiul.

— Mai nimic, doar mici neînțelegeri cu privire viitorului articol, a răspuns Jackye jenată de minciună, dar și fiindcă surprinsese privirea provocatoare a lui Josh.

— Adică nimic ce nu se poate rezolva, a zâmbit Gill. Josh, am înțeles că mâine mergem la competiția la care participi.

— Și tu îl însoțești? sări Jackye, surprinsă plăcut.

— De fiecare dată când pot, i-a privit Gill cu drag pe amândoi.

— Eu merg să-mi pregătesc motocicleta pentru mâine. Mulțumesc pentru prăjitură, Martha, e minunată, ca de obicei.

Josh s-a ridicat și a îmbrățișat-o cu drag pe femeie, iar ea i-a răspuns cu un zâmbet.

— Vrei să te ajut? nu reuși Jackye să se abțină.

— Mulțumesc, nu e nevoie. Sunt convins că ai lucruri mai bune de făcut decât să pierzi timpul cu asta.

Fără să o privească, Josh ieși ca o furtună din încăpere. Jackye s-a ridicat și a dat să strângă masa, dar Martha i-a făcut semn să-și vadă de treabă. A mers în cameră ca să-și aranjeze hainele în dulap, însă a avut surpriza să constate că toate erau la locul lor. A ieșit și s-a dus spre grădină. Îl căuta să-i vorbească. Pe măsură ce se apropia de garaj, inima a început să-i bată tare, gata să-i sară din piept. Josh era din nou la bustul gol și atât de concentrat la motocicleta lui, încât nici n-a simțit-o venind.

Jackye și-a dres vocea ca să-l atenționeze, în timp ce privirea îi fugea fără voie pe trupul lui armonios.

— Am fost în cameră, cineva mi-a scos hainele din bagaj și le-a aranjat în dulap. Știi ceva de asta?

Încerca să-și controleze stările și să fie rațională. Observase că e tot mai greu să facă asta în preajma lui Josh Collins, și nu era bine deloc.

— Îți dai seama că n-am fost eu, o privi cu un zâmbet în colțul buzelor, fiindcă ea roșise.

— Evident. Cine a fost atunci?

— Martha. Am rugat-o să se ocupe, n-am crezut că te va deranja. Nu ți-am atins hainele, dacă de asta ți-era teamă.

S-a ridicat de lângă motocicletă și a venit lângă ea.

— Bine, am înțeles, nu e nevoie să vorbești așa... și-a ferit Jackye privirea, întorcându-se cu fața spre apusul de soare, care arăta magnific pe cerul senin.

Avea nevoie să privească ceva neutru, ceva care s-o liniștească.

A simțit mâinile lui în jurul taliei.

— E frumos, nu-i așa? i-a șoptit el la ureche.

— Da, este... Dar puteai să-mi spui asta și de unde erai, auzeam oricum, încercă ea să-l îndepărteze, dar Josh se lipise cu totul de ea, îmbrățișând-o.

— Josh... spuse ea pe un ton rugător.

— Șșș... nu-ți fie teamă. Suntem doi oameni îmbrățișați, care admiră apusul soarelui, doar la asta trebuie să te gândești, e simplu, nu complica totul. Nu vorbi, nu te gândi la alte lucruri, doar privește soarele, atât.

Vocea îi era ușor răgușită și se simțea în acele clipe neputincios și furios pe el însuși, fiindcă nu se putea ține la distanță de ea, așa cum ar fi trebuit.

Putea avea orice femeie dacă ar fi vrut, iar el își pierdea timpul aici, lângă ea. Era evident că nu-l plăcea, nu-i inspira decât teamă, doar atât.

Înainte ca ea să facă vreun gest, Josh a sărutat-o ușor pe gât, s-a desprins apoi și s-a dus lângă motocicletă, așezându-se.

Jackye era ca paralizată și tremura din nou din cauza lui. A răsuflat ușurată când el a plecat.

— Mă duc în casă, scuză-mă că te-am întrerupt.

— Du-te și adu telefonul, doar nu vrei să ratezi momentul. Fă-mi niște poze exclusive! zâmbi el, văzându-i surpriza care i se citea pe chip.

— Vorbești serios? Faci tu asta?

— Da, hai, du-te, până nu mă răzgândesc!

Jackye a alergat să-și ia aparatul, și se întoarse repede. O ședință foto rapidă și tăcută.

— Mulțumesc, fanii tăi vor fi încântați!

— Ce bine, asta îmi și doresc, zâmbi el, gândindu-se că tare-ar fi vrut să încânte pe cineva care stătea chiar la un metru depărtare.

— Vrei să le vezi? sări Jackye entuziasmată.

— Bine, răspunse Josh fără prea mult elan. Nu-i păsa de poze, ci doar de faptul că ea era atât de aproape de el... Iar apropierea asta îl incita. Îi venea să o sărute și o mângâie... Își trecu o mână prin păr, ciufulindu-l. Nu putea să se gândească așa la ea, la corpul ei, la imaginile care îi treceau fulgerător prin minte.

— Josh! i-a strigat ea numele.

— Ce-i? s-a trezit el din reverie, simțindu-se vinovat și înghițind în sec.

— Te întrebam care poză îți place mai mult?

Jackye era absorbită de privirea lui senină, dar tulburătoare.

— Ăăă... Toate. Toate sunt reușite. Faci o treabă grozavă, și a sărutat-o fugitiv pe obraz, strângându-și pumnii ca să nu fie tentat să o mângâie. Nu voia să-i mai vadă teama din ochii ei frumoși, dar triști.

— Mulțumesc, ai fost un model cooperant, a încercat ea să-și ignore sentimentele. Trebuie să plec acum, aproape că s-a întunecat.

— Bine, fugi, ne vedem în curând, i-a zâmbit el șiret.

Jackye s-a încruntat pentru câteva secunde, apoi a plecat spre casă. Era din nou agitată.

După cină, Josh a condus-o în cameră.

— Pot să folosesc baia? s-a panicat Jackye atunci când el a închis ușa.

— Desigur, dar nu-ți permit să te îndoiești de cavalerismul meu.

Vocea îi suna inocent, dar privirea spunea altceva.

— Doar am avut parte de multe dovezi ale cavalerismului tău azi, nu-i așa? zise ea ironică. Zâmbi.

— Crede-mă că da, chiar au fost multe dovezi.

Josh s-a așezat și și-a făcut de lucru cu patul pliant, pe care l-a scos tacticos din dulap, căci altfel... Numai asta nu-i venea să facă...

— M-aș simți mai bine dacă aș încuia ușa, l-a anunțat Jackye jenată.

— Dacă asta îți dă mai multă siguranță...

Încerca din răsputeri să o înțeleagă. Până la urmă, ea își petrecea noaptea cu un necunoscut, în mod sigur nu-i era ușor... Iar el... El urma să fie în aceeași cameră cu o femeie frumoasă, pe care nu putea nici să o atingă, nici să o sărute, nici să o îmbrățișeze...

Jackye încerca să se bucure de senzația pe care i-o dădea apa ce-i curgea pe trup. Era obosită și abia aștepta să doarmă. Spera să reușească.

— Sunt gata, apăru ea în ușa băii, îmbrăcată doar cu un halat. Se apropie de pat, acolo unde stătea și el întins. Josh s-a ridicat în capul oaselor, apoi în picioare.

— Nu te uita așa, profitam doar de ultimele momente în care mai pot să stau în *patul meu* atât de comod, pentru o bună bucată de vreme...

Accentuase cuvintele cu emfază, dar zâmbi și apoi se ridică și se îndreptă spre baie.

— Ți-ar fi mult mai ușor dacă mi-ai fi dat altă cameră, a sugerat Jackye din colțul gurii, mai mult de dragul conversației.

— Nici gând! Apropo, îți stă bine doar în halat de baie.

Jackye l-a urmărit cu privirea, gândindu-se dacă să-i mulțumească pentru compliment sau să-l înțepe cu un răspuns tăios. Dar nu apucă, pentru că el dispăru dincolo de ușă. Când a revenit, avea pe el doar un prosop înfășurat în jurul taliei. Ea deja se cuibărise în pat și se învelise până sub bărbie.

— Nu vrei să ne uităm la televizor? Aș putea să vin și eu lângă tine, doar așa, ca să văd mai bine.

— Cred că vreau doar să dorm, nu vreau să mă uit la nimic.

Se întoarse pe o parte, ca să elimine din raza vizuală priveliștea indecentă.

— În cazul ăsta, mă culc și eu, a zâmbit el, așezându-se în patul pliant. Noapte bună!

— Noapte bună, a răspuns ea cu glasul tremurat.

După cinci minute în care s-a tot foit prin așternuturi, negăsindu-și locul, Josh s-a ridicat într-un cot.

— Jackye?

— Da?

— Dormi?

— Evident că nu, zise ea pe un ton iritat, dar un surâs îi apăru pe buze.

— De ce nu?

— Fiindcă nu mă lași să dorm.

— Da, îmi pare rău, dar patul ăsta e groaznic.

— Tu ai vrut asta, zise Jackye râzând.

— Ascultă... Dacă m-ai lăsa să vin în pat, aș sta doar pe partea mea, promit. Pe cuvânt de motociclist!

— Serios? Iar eu trebuie să cred asta?

— Da, serios, nici n-ai simți că sunt acolo, lângă tine.

— Sigur... Cred că trebuie să-mi dai altă cameră, nu eu sunt cea care vrea să stea aici, în camera ta, s-a amuzat Jackye de situație.

— Nu, zise el hotărât. Nu am decât să rămân aici, în patul ăsta oribil și neprimitor, chinuindu-mă să adorm... Mai mult ca sigur mă vor durea toate oasele mâine dimineață...

Ce făcea? Încerca să-i stârnească compasiunea?

— Foarte bine, să te înveți minte să nu mai faci astfel de lucruri, Josh Collins! a râs Jackye cu satisfacție, deși îi era puțin milă de el, doar puțin...

Josh a oftat și a pus capul pe pernă. Până și perna era cam tare. Doar într-un singur loc și-ar fi putut găsi liniștea: în patul lui, lângă ea...

Jackye a oftat și ea, sperând ca să nu fie auzită. Știa că Josh n-ar fi lăsat-o să doarmă liniștită. În plus, prezența lui la doar câțiva centimetri...

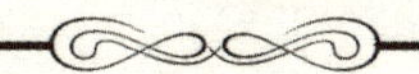

Târziu în noapte, Josh s-a trezit brusc: Jackye vorbea în somn și plângea. S-a ridicat imediat din pat și s-a dus lângă ea.

— Trezește-te, i-a șoptit el, mângâindu-i obrazul.

Fără efect însă: ea plângea în continuare.

Josh s-a urcat în pat și a luat-o în brațe, vrând s-o liniștească. Încerca să ignore faptul că ea stătea mai mult goală atât de aproape de el. Jackye s-a trezit și a realizat că este ținută în brațe.

— Josh... ce faci aici?

— Vorbeai și plângeai în somn, ai avut un coșmar. Îi strigai cuiva să nu-ți facă rău și să te lase în pace. Uite, tremuri toată...

Josh i-a mângâiat părul și spatele.

— A fost un coșmar... Am mai spus și altceva? l-a cercetat ea îngrijorată.

— Doar lucruri de genul ăsta: că nu vrei... și să nu te atingă... Ești sigură că a fost doar un coșmar și nu altceva, o amintire, mai exact? a înghițit el în sec.

Fata l-a privit speriată și neliniștită. Oare avea puterea de a vedea dincolo de cuvintele ei?

— Nu te ascunde, Jackye, spune-mi adevărul, oricare ar fi, va rămâne între noi, ai încredere în mine! A încercat cineva vreodată să-ți facă rău?

A privit-o cu atenție, simțind că inima îi bate mai repede numai la gândul acela.

— Josh, te rog... Nu vreau... să vorbesc despre asta... A fost un coșmar și atât. Iartă-mă că te-am trezit, acum poți să adormi la loc.

Încercând să se desprindă din brațele lui, îi reveneau în minte imagini din ziua aceea, pe care ar fi vrut să o uite pentru totdeauna...

— Nu, Jackye, nu plec. Dacă nu vrei să vorbești despre asta, înțeleg, dar rămân lângă tine în noaptea asta.

O trase mai aproape, aducând-o la pieptul lui.

— Atunci rămâi aici lângă mine... a zis Jackye, abandonându-se sub mângâierile lui.

— N-am de gând să plec. O îmbrățișă și mai tare, apoi o acoperi cu pătura. Haide, încearcă să dormi, nu te mai gândi la nimic.

Îi plăcea să o țină în brațe, să o simtă lângă el, chiar dacă erau probabil multe lucruri care ar fi trebuit să-i țină departe unul de celălalt. Josh a adormit în scurt timp ținând-o în brațe.

Jackye știa că e ciudat să stea așa lângă un necunoscut, dar mai presus de orice, mai presus de rațiune, Josh o liniștea și o făcea să se simtă în siguranță, așa cum se simțise foarte rar în ultima vreme.

Jackye dormea încă atunci când Josh a deschis ochii. Și-a spus că o va săruta ușor doar pe obraz, dar buzele ei îl atrăgeau ca un magnet. I le gustă pe îndelete, fiindcă ea nu deschise ochii. Nu s-ar fi săturat dacă ar fi sărutat-o ore în șir, spre neliniștea lui. Se întâmpla ceva cu el și nu înțelegea ce anume, dar mai mult ca sigur era vorba doar de dorință, de atracție, fiindcă nu putea nega că Jackye era frumoasă și îl atrăgea. Singurul lucru pe care-l știa sigur era faptul că o dorea.

Când Josh s-a retras, Jackye a deschis ochii și l-a văzut la câțiva centimetri de ea, de buzele ei.

— Ce faci?

Își simțea buzele uscate.

— Încercam să te trezesc fără să te sperii, se îndepărtă el repede, căci altfel ar fi sărutat-o fără să mai țină cont de nimic. Merg la baie să mă schimb, bănuiesc că asta vei face și tu apoi, așa că te rog să mă anunți când ești gata, ca să mâncăm și să plecăm la pistă. Ne-așteaptă concursul.

— Uff, întotdeauna vorbești atât de mult dimineața? se întinse ea în tot patul.

— Iar tu întotdeauna ești atât de curioasă? i-a răspuns el emoționat la vederea acelui trup minunat întins în patul său. A intrat repede în baie, ca să nu mai simtă atracția nebună. Jackye

și-a tras pantalonii scurți și un tricou negru, după care a pregătit rapid camera foto și celelalte echipamente.

— Sunt gata, l-a anunțat ea ceremonios, mustrându-se în gând fiindcă abia atunci își amintise că trebuia să-l anunțe mai repede. Josh a deschis ușa băii și a privit-o admirativ de sus până jos:

— Așa mergi?

— Da, ce, nu e bine?

Jackye și-a atârnat geanta pe umăr și a încercat să ignore farmecul irezistibil al bărbatului din fața sa.

— Ba da, e bine, hai la masă.

A deschis ușa dormitorului, invitând-o să iasă prima din cameră.

Gill era deja instalat.

— Bună dimineața, poftiți, credeam că nu veți mai apărea.

Le-a zâmbit șugubăț și le-a făcut semn să ia loc. Fiecare avea acum gândurile lui, așa că mâncară în liniște. La final, Martha le-a turnat cafeaua fierbinte și s-a retras discret.

— Dacă vreți, vă duc eu cu mașina până acolo, le-a sugerat Gill.

— Mulțumesc, tată, dar Jackye vine cu mine pe motocicletă, i-a răspuns Josh instinctiv, uimit

de el însuși, de posesivitatea pe care o simțea în legătură cu ea. Râse în sinea lui, dar zâmbetul transpăru și în exterior.

— Așa e, confirmă și Jackye. Mergem cu motorul amândoi.

I-a aruncat o privire scurtă lui Josh cu coada ochiului. De câte ori îl vedea, inima începea să-i bată mai repede, oricât ar fi vrut să ignore asta.

— Bine, atunci ne vedem acolo, se ridică Gill de la masă.

Ieși pe ușă, nu înainte să le facă vesel cu mâna.

Terminară cafeaua și se îndreptară amândoi spre ușă. La plecare, Martha l-a îmbrățișat pe Josh:

— Să ai grijă de tine, dragule!

— Întotdeauna am, bătrânico, i-a răspuns Josh râzând, sărutând-o pe obraji.

— Ai grijă de băiatul ăsta, Jackye, e băiat bun!

— Eu... voi avea..., a răspuns ea ușor jenată, admirându-le sentimentul de loialitate.

Odată ce s-a urcat pe locul din spate al motocicletei, Jackye s-a prins cu brațele de Josh; își propusese să se bucure de plimbare, de ziua aceea, de competiție, de toate. Era nevoită să urmărească totul cu atenție, să facă niște fotografii, chiar dacă nu mai fusese la o cursă de acest gen de câțiva ani... Jackye a strâns din ochi și din instinct s-a lipit de spatele lui. Iar el i-a simțit căldura,

care-i dădea o stare de bine. A pornit motorul și a demarat. Încerca să se concentreze doar asupra drumului, dar femeia dulce și adorabilă din spatele lui îi dădea fiori ciudați pe șira spinării.

— Am vrut să fim doar noi doi pe drum, fiindcă trebuie să-ți spun ceva.

— Ce este?

Era curioasă. L-a strâns și mai tare în brațe la primul viraj.

— Îmi vei cunoaște prietenii acolo, dar și rivalii. Te avertizez să stai departe de Royce Monroe, e rivalul meu de câțiva ani și un cuceritor cunoscut.

— Ce riscant sună asta, a zis Jackye râzând, dar zâmbetul i-a pierit când a înțeles numele acelui bărbat. Trebuia să fie vorba despre o altă persoană și totul să fie doar o coincidență nefericită de nume...

— Jackye, vorbesc serios. Toată lumea va ști că tu ești iubita mea, așa că nu te vreau în preajma lui Royce, ai înțeles?

Se întoarse rapid spre ea, fulgerând-o cu privirea.

— Ce serios ești! Cine te-ar auzi vorbind așa, ar spune că ești cel puțin gelos, se amuză ea, mai mult pentru a-i zgândări lui orgoliul, căci nu se simțise bine văzându-i privirea serioasă.

— Ți-o spun pentru binele tău, dar și al meu. Nu vreau să apară în presă tot felul de prostii cu iubita mea care flirtează cu rivalii. Va trebui să-ți joci rolul așa cum trebuie, zise Josh iritat.

— Bine, am înțeles. Dar am impresia că aici e vorba despre ceva mai mult decât o simplă rivalitate sportivă...

— Ai dreptate, dar nu e momentul să-ți povestesc despre asta acum, trebuie să ai încredere în mine.

Josh a oprit motocicleta și și-a dat casca jos.

— Timp de o lună de zile nu vreau să văd un alt bărbat în preajma ta, nu vreau să fiu ridiculizat de presă, sunt mai mult decât sătul de minciunile pe care le-au tot scornit atâția ani despre mine.

— Eu nu sunt acel tip de femeie la care te gândești, așa că nu trebuie să-ți faci griji în privința asta. În plus, e și imaginea mea în joc.

Josh o luă de mână, iar ea nu și-o retrase.

— Zâmbește, începe acțiunea, a tachinat-o el zâmbitor.

— Oh, ești imposibil uneori!

Îi venea să-i șteargă zâmbetul acela cuceritor, irezistibil și dulce de pe chip, mustrându-se pentru gândurile tandre.

În arenă, Josh a fost întâmpinat cu aplauze și urale de către admiratori. Femeile o priveau

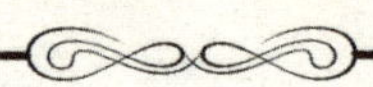

pe Jackye cu invidie fățișă. Au mers la pas până la centrul de comandă al echipei lui.

— Bună tuturor! Ea e Jackye Rowen, iubita mea, a prezentat-o Josh prietenilor, simțindu-se mai mândru decât trebuia în mod normal pentru un simplu rol...

Jackye le-a zâmbit timid, dar cuceritor. Contrar aparențelor, nu-i plăcea să iasă în evidență, ci să descopere lucruri despre alți oameni.

— Eu sunt Shawn, s-a prezentat un bărbat blond. Apoi, zărindu-i ecusonul de reporter, a făcut ochii mari și a gratulat-o cu o reverență. O, tu ești acea Jackye Rowen, reporter la Celebrity?

— Da.

— Ce ironie! Dragul nostru de Josh, prins în mrejele unei jurnaliste, a râs Shawn, privindu-i cu drag pe amândoi.

— Ia mai lasă-i în pace, sări singura roșcată din grupul acela, care se dovedi a fi iubita lui Shawn.

Intervenția a stârnit râsetele tuturor celor din jur.

— Draga mea, bine ai venit printre noi, eu sunt Layla, i-a spus ea îmbrățișând-o, după care se lipi de Shawn, care o ținea protector lângă el.

Jackye i-a mulțumit.

— Eu sunt Susan, s-a prezentat și blonda grupului. A îmbrățișat-o la rândul ei, făcând-o să se simtă bine primită.

De ea s-a apropiat un bărbat brunet, arătos, care știa să-și pună în valoare șarmul vizibil. I-a luat mâna și a sărutat-o cu vârful buzelor:

— Eu sunt Erin, viitorul tău iubit, în cazul în care Josh va fi atât de inconștient încât să se despartă de tine vreodată.

— Foarte amuzant ești azi, l-a îndepărtat prietenește Josh, mai ai de așteptat mult și bine!

Dar simpla remarcă a prietenului său i-a pus un ghimpe în inimă.

Au râs cu toții de situație. Susan s-a simțit datoare să intervină:

— El este fratele meu, Erin cuceritorul și neîmblânzitul...

— Așa a fost și Shawn, până să-i vin eu de hac, spuse Layla râzând cu poftă.

Din mulțime își făcu apariția Cathy, cu aerul ei de „ce se întâmplă fără mine". A salutat toată echipa, îmbrățișând-o teatral pe Jackye.

— Aici erai, abia așteptam să te văd!

— Hei, mă bucur că ai reușit să vii, ea este prietena mea cea mai bună, o prezentă ea tuturor. Cathy, el este Josh.

— Nu-mi vine să cred, stau față în față cu marele Josh Collins, întinse ea mâna încântată.

— Îmi pare bine să te cunosc, Cathy, a zâmbit Josh.

— Fă-ne o poză, Jackye, te rog! Nu este un moment de ratat.

Jackye îi ceru lui Josh acordul.

— Desigur, fă-ne o poză, totul pentru admiratorii mei, nu? zise Josh provocator.

Poza ieși ca la carte.

— Cathy, fă-ne și nouă una acum, a rugat-o Josh cu tonul lui seducător, făcând-o pe Jackye să roșească.

Josh a tras-o pe Jackye aproape de el, luând-o de mijloc și i-a șoptit:

— Zâmbește, e pentru posteritate!

Iar fata zâmbi din toată inima, uitând pentru o clipă de tot și bucurându-se de moment, o lecție pe care o învățase de la el și pentru care îi era recunoscătoare.

— Sunteți minunați, le-a spus Cathy puțin invidioasă, înapoindu-le aparatul foto. Dar ea știa adevărul.

— Nu sunt invizibil, să știți, și cred că nu am fost prezentat, s-a auzit vocea lui Erin.

— Ar trebui să fim cu toții orbi să nu te vedem, l-a flatat Cathy, înalt, frumos, poate și deștept...

Au râs cu toții.

— Se pare că ți-ai mai găsit o admiratoare, l-a îmboldit Josh.

— Eu sunt Erin Campbell, mă bucur să te cunosc. I-a întins mâna. Ce prietenă frumoasă are iubita prietenului nostru!

— Și eu mă bucur să te cunosc, a răspuns Cathy zâmbitoare. Nici eu nu știam că Josh are prieteni atât de frumoși.

— Acum știi, sărută el mâna întinsă, privind-o pe fată cu admirație.

Susan, care-i urmărise de aproape și văzuse cum o devorează din priviri, a suspinat:

— Aici se petrece ceva interesant, nu l-am mai văzut pe fratele meu să pupe mâna vreunei fete.

— N-o băga în seamă, e doar invidioasă. Haide mai bine să-ți arăt împrejurimile.

— Chiar, de ce nu? a aprobat imediat Cathy încântată.

Plecară amândoi spre atelierul cu motociclete.

Câțiva fani reușiseră să intre în spațiul destinat exclusiv concurenților, dar toată lumea era acum relaxată și voioasă, așa că pozele nu mai conteneau.

Înainte ca Josh să intre în concurs, un bărbat s-a apropiat de grupul lor:

— Să nu crezi că vei câștiga, Josh. Nu astăzi, a spus el cu o voce care i-a dat lui Jackye fiori, deși era cu spatele.

— Asta să o crezi tu, Royce, i-a răspuns la fel de grav Josh, simțind că-i fierbe sângele în vene.

— Interesant, acum te lași fotografiat? Frumoasă păpușă ți-ai ales.

Jackye, neavând altă soluție, s-a întors spre el.

— Jackye, ce surpriză! bătu Royce în retragere, intimidat de prezență.

Jackye și Cathy păliră.

— Vă cunoașteți? a mormăit Josh, observând tensiunea care apăruse deodată în atmosferă.

— Nu atât de bine pe cât mi-aș fi dorit... și-a înfipt Royce mâinile în șolduri.

Toată lumea de față privea scena consternată.

— Nu mă simt bine, se scuză Jackye, revin imediat, și dădu să plece.

Josh a prins-o de mână și a tras-o spre el.

— Ar trebui să pleci, Royce. Acum. Ne indispui pe toți. Mai ales pe iubita mea.

Simțea cum îl invadează un sentiment intens de furie, ca de fiecare dată când stăteau față în față.

— Acum e iubita ta? întrebă Royce.

— Ce vrei să spui?

— Întreab-o pe ea, sunt convins că va fi bucuroasă să-ți dea toate detaliile, absolut toate...

Insinuarea lui Royce era prea strävezie. Josh o privi întrebător, dar privirea îngrozită din ochii ei îl făcu să amâne momentul.

— Ești un ticălos, sări Cathy furioasă. Cum poți să fii atât de nemernic?

Dar privirea rugătoare a lui Jackye i-a oprit cuvintele în gât.

— A, uite-o și pe Cathy, mica eroină...

— Pleacă de aici până nu...

— Până nu... ce? Haide, lovește-mă, știu că asta îți dorești, doar că loviturile tale nu au vreun efect asupra mea și, dacă mă uit bine, și tu ești o păpușă bună... Nu vrei mai bine să-ți arăt cum să-ți folosești altfel mâinile alea frumoase?

Royce a făcut un pas spre ea, vrând s-o intimideze.

— Nici dac-ai fi ultimul bărbat de pe pământ! i-a aruncat ea furioasă.

— Până aici, Royce! Dacă ai o problemă cu ea, ai una și cu mine, s-a interpus între ei Erin, privindu-l amenințător. Trupul masiv al lui Erin obtură câmpul vizual.

— Oricând vrei, eroule, bătu în retragere Royce, enervat că trebuia să renunțe, simțindu-se

în inferioritate. Voi pleca acum, începe concursul. Ne vedem pe pistă.

Josh a sărutat-o ușor pe Jackye și a plecat în grabă spre linia de start, nu înainte să-i șoptească îngrijorat:

— Aștept să mă lămurești cât mai repede despre ce s-a întâmplat aici, bine? Și să mă urmărești la linia de finish, am o surpriză pentru tine.

— Succes, Josh, i-a urat fata, pierzându-se în privirea lui.

O lăsă cu inima bătându-i nebunește.

Concurenții s-au aliniat la start. Jackye a făcut fotografii peste fotografii, încercând să surprindă cât mai mult, dar și instantanee cât mai sugestive, din momentele premergătoare cursei. Apoi s-a așezat alături de Cathy.

— Ce drăguți și amabili prieteni are Josh!

— Așa e, se pare că ți-a căzut cu tronc Erin.

N-a întors nicio secundă capul, privirea îi era țintă la Josh, singurul concurent îmbrăcat în roșu. Iar contrastul cu motocicleta neagră era de milioane. Se gândea la surpriza pe care acesta i-o promisese.

— Da, așa se pare. E un băiat drăguț, mi-a propus o întâlnire, o întâlnire, îți dai seama? bătu Cathy din palme încântată.

— Asta e bine. Și Shawn cu Layla sunt foarte frumoși împreună.

— Ca să nu mai spunem de Josh, nu-i așa?

— Ce e cu el?

— Draga mea, nu păcăliți pe nimeni: am văzut cum vă uitați unul la altul, te mănâncă din priviri. Ăsta nu e doar un rol: voi doi chiar... Voi vă îndrăgostiți unul de altul, ascultă la mine, se vede asta de la o poștă.

— Ca și cum ai vorbi serios... zise Jackye uimită de felul în care Cathy potrivea lucrurile.

— Dar așa e, te place, iar tu... Sunt convinsă că nu ești din piatră! Hai, recunoaște, sunt doar eu aici, prietena ta de-o viață. Nu mă poți păcăli, nu pe mine...

Cathy se întoarse spre cursă, căutându-l pe Erin, frumosul motociclist îmbrăcat în albastru, cu un motor verde, în timp ce Shawn era îmbrăcat în alb, pe motor alb. Layla, care concura și ea, era în portocaliu, de aceeași culoare cu a motorului ei, iar Susan în roz, pe motor roz.

— Într-adevăr, Josh e un băiat frumos... Bine, foarte frumos, se corectă Jackye, dar asta nu înseamnă că... Fiecare dintre noi trebuie să-și facă treaba cât mai bine și să obțină ce și-a dorit la finalul acestei luni. Iar în cazul meu un interviu și un articol bine scris despre Josh.

Dar Jackye simțea că asta nu era tot, ceva se schimbase pe parcurs, chiar dacă îl cunoștea doar de câteva zile...

— Draga mea, poți să placi pe cineva, chiar dacă stai cu el doar cinci minute de vorbă. Așa mi s-a întâmplat mie cu Erin: pe lângă faptul că arată atât de bine, încât te face să suspini, s-a purtat foarte frumos, nu ca un puștan cu hormonii în gât, a râs Cathy veselă.

— Poate ai dreptate, dar acum vreau să mă concentrez la această competiție interesantă.

— Sigur că vrei... Ei bine, hai să ne concentrăm împreună, fiindcă avem ce privi, i-a făcut Cathy cu ochiul.

Josh era constant printre primii care terminau câte un tur. Aveau de parcurs douăzeci, iar el se descurca foarte bine. Iar poveștile între cele două prietene nu mai conteneau.

— Ce ai spus?! Tu, prietena mea cea serioasă, te-ai urcat pe motocicletă, și nu numai în spatele lui, ci și în față? Uuu, asta e chiar interesant... Îmi imaginez momentul, să stai în brațele lui așa... Aș fi vrut să văd asta. Ești sigură că nu mai sunt și alte detalii? Știi tu, mai... picante.

— Lasă prostiile, Cathy. Am vrut doar să fac lucruri pe care nu le-am mai făcut, iar el a fost acolo la momentul potrivit și m-a ajutat.

Jackye era sinceră și își amintea cu drag acele momente. Dar Cathy o privea cu subînțeles, iar zâmbetul îi acoperea toată fața.

— Sunt sigură că te-a ajutat...

— Bine, bine, ne-am și sărutat... de câteva ori... zise Jackye înroșindu-se și închizând ochii pentru câteva secunde.

— Oh, nu cred! Și mai ai tupeul să-mi spui că nu e nimic între voi, când totul e atât de clar...

— Un sărut nu înseamnă și că tu trebuie să te visezi domnișoară de onoare.

— De ce nu? De-abia aștept!

— Nu te oprește nimeni să visezi, draga mea.

Tăceau amândouă. Se apropia ultima tură. Jackye urmărea cu inima cât un purice aceste ultime momente din cursă. Josh părea atât de sigur pe el, conducea motocicleta cu atâta lejeritate... Chiar l-a surprins trimițându-i un sărut din vârful buzelor înainte să treacă de linia de sosire, iar gestul a emoționat-o profund.

În momentul în care Josh a trecut linia de sosire, o mașină neagră, cu geamuri fumurii, a venit în viteză și l-a lovit, înainte ca cineva să poată reacționa în vreun fel. A făcut un drift, apoi a dispărut în viteză, ieșind de pe circuit printr-o poartă laterală.

Jackye a simțit că-i fuge pământul de sub picioare.

— Nu, Dumnezeule, nu!

A sărit de pe scaun și a alergat într-un suflet, simțind că-i sare inima din piept. Trăia aceeași disperare ca și atunci, la accidentul părinților ei.

Josh era întins la pământ, casca îi era spartă și de sub el se scurgea un fir de sânge. Era inconștient. A îngenuncheat lângă el, cu lacrimi în ochi. L-ar fi îmbrățișat, dar știa că nu are voie să-l miște, așa că s-a mulțumit doar să-i ia mâna în mâna ei.

Ambulanța a sosit imediat, la fel și membrii echipei. Se agitau cu toții în jur, stăpânindu-și cu greu furia. Cathy s-a apropiat și a îmbrățișat-o.

— Josh, va fi bine, ai să vezi!

Medicii l-au băgat în salvare și deja îi acordau primele îngrijiri. Jackye și Cathy s-au urcat alături, pe scaunele libere.

— Venim după voi la spital, a strigat Erin, înainte ca ușa ambulanței să se închidă.

Mașina ambulanței gonea pe străzi cu sirena și luminile puse. La spital, au fost sfătuite să aștepte în camera de primire.

— Nu pot să cred nici acum! Noi eram chiar în spatele lui... Mașina aia a venit dintr-o dată... zise Layla tristă, așezându-se pe un scaun.

Shawn stătea alături și își freca mâinile de neputință:

— Cineva i-a vrut răul, e clar.

— Josh e puternic. Va fi bine, parcă-l văd ieșind pe ușa aia, râzând de noi: Ce fețe triste aveți! Chiar n-aveți încredere în mine?

Erin încercă să-l imite, vrând să înveselească atmosfera, dar pe chip i se citea suferința și tulburarea. Susan l-a repezit nervoasă:

— Sper să fie așa cum zici tu!

— De când sunteți împreună, Jackye?

Erin întrebase așa, într-o doară, dar își limpezi privirea și se uită mai atent la fată.

— De puțin timp...

O mustra conștiința, dar acum nu mai avea cum să dea înapoi.

— Asta e ceva, de obicei Josh nu-și pierde timpul prea mult lângă o singură femeie.

— Erin! sări Susan, încruntându-se.

— Ce-am făcut? Spuneam doar adevărul.

— Tot ce contează acum este ca Josh să se facă bine.

— Vă mulțumesc pentru că sunteți alături de noi, simți Jackye că trebuie să spună. Și-l dorea pe Josh înapoi, chiar și doar ca să o tachineze puțin, doar să fie acolo. Nu-și putea opri neliniștea din suflet și nici să-și ia gândul de la momentul accidentului.

— Ați văzut cine i-a făcut asta lui Josh? mai întrebă ea.

— Nu se vedea nimic prin geamurile alea fumurii, totul s-a întâmplat atât de repede!

Layla fusese mai aproape, dar tot simțea că-i scăpase ceva. Ceva important.

— Nici noi nu am văzut nimic, spuse Erin.

— Cine i-ar fi vrut răul? Fiindcă ăsta nu a fost niciun accident, sper că vă e clar...

— Nu mă pot gândi decât la Royce Monroe, a mormăit Shawn gânditor.

— Nu-i posibil! Royce era în urma mea, iar eu eram în spatele vostru când s-a întâmplat totul...

— Putea să pună pe cineva să facă asta, Susan, iar el să stea în urma noastră tocmai pentru a nu da nimic de bănuit, zise Erin nervos. În plus, știi și tu cât se vede prin cască de la exterior.

— Dar cine să riște să ajungă la închisoare doar ca să-l ajute pe Royce?

— Royce are amicii lui, care-i sunt datori și ar face multe lucruri pentru el, zise Jackye deodată, fără să realizeze că făcuse legături pe care nici ea nu și le putea explica.

— Îl cunoști? o întrebă Erin curios.

— Am fost colegi de școală...

Era doar o parte din adevăr. Și acum avea fiori reci pe spate, doar gândindu-se la el.

Discuția lor fusese întreruptă de doctor.

— Cine face parte din familie?

— Eu, doctore, s-a auzit vocea lui Gill, care a apărut de niciunde în spatele lor. Îmi cer scuze că n-am reușit să ajung mai repede, traficul.

— Gill! i-a sărit Jackye de gât, cu lacrimi în ochi.

— Sigur că da, a bătut-o ușor pe umăr, lăsând-o să se descarce.

Doctorul continuă, adresându-li-se tuturor:

— Lovitura la cap a fost puternică, e în continuare inconștient, i-am pus perfuzii, dar respiră singur și sunt convins că în următoarele ore își va reveni.

Cu toții au răsuflat ușurați. Dar Gill a plusat.

— Pot să-l văd acum?

— Desigur, dar să nu stați mult. Puteți intra cu toții, dar repede, cedă doctorul la privirile rugătoare ale grupului.

Au intrat fără zgomot în rezerva din capătul holului. Josh era în tricoul pe care îl purtase pe dedesubt, pe mâini avea branule, care erau legate de stativele înalte cu perfuzii. Respira profund, parcă dormea, nebănuind câtă neliniște era în jurul lui.

— Jackye, privește asta, i-a arătat Erin mesajul imprimat pe tricou:

Victoria mea e și a ta. Asta e pentru tine, Jackye, iubito.

Surpriza lui pentru mine, s-a gândit ea. Stătea alături, lângă pat, și parcă nu mai avea aer. I se pusese un nod în gât, iar lacrimile o podidiră.

— Este... este incredibil... de frumos...

Ceilalți s-au apropiat și au citit mesajul. Erau cu toții emoționați, vedeau pentru prima dată un astfel de gest pe care Josh îl făcea pentru cineva.

— Noi plecăm, suntem deja prea mulți prin preajmă, dar revenim mâine. Uite, ăsta-i numărul meu, i-a întins Layla o carte de vizită. Dacă ai nevoie de ceva, orice, sună-mă.

Le-a făcut un gest discret tuturor și au ieșit pe rând, nu înainte de a o încuraja pe Jackye, fiecare cum știa.

— Acum, că prietenii lui Josh au plecat, pot să rămân eu cu el peste noapte, i-a spus Gill, trecându-și o mână peste chipul care îi trăda oboseala și îngrijorarea.

— Nu-i nevoie, rămân eu, tu ar trebui să te odihnești. Ai avut și tu destule azi.

Gill s-a urnit cu greu, dar se asigură că totul avea să fie în regulă. A vorbit cu medicul pe hol o vreme, apoi a revenit în salon.

— Atunci eu merg acasă. Am lăsat vorbă să mă cheme dacă intervine vreo schimbare. Încearcă să te odihnești și tu, îți aduce acum cineva un fotoliu.

— Sigur, stai liniștit, l-a asigurat Jackye. Nu sunt atât de obosită.

Ușa s-a închis încet după Gill. S-a întors spre Josh și l-a luat de mână. Se simțea mai ușurată acum, că erau singuri. S-a așezat pe fotoliul pe care i-l adusese o infirmieră și și-a lăsat capul pe pieptul lui.

— Suntem doar noi acum. Sunt convinsă că mă auzi, așa că să faci bine să te ridici de aici cât mai repede! Niciodată nu mi-am dorit ceva atât de mult, te rog, trezește-te și ridică-te din patul ăsta, iubitule. Nu-mi face asta, nu mă lăsa să simt asta, fiindcă doare, Josh. Nu știu cum ai făcut, dar mi-ai făcut-o, este o stare pe care nu mi-o pot explica, un atașament, chiar dacă nu te cunosc prea bine... Jackye și-a trecut o mână prin păr. Mă îngrozește să te văd așa, vreau să te văd cu ochii deschiși, vreau să te văd zâmbind, vreau să te văd pe motocicletă, vreau să mă săruți, vreau să te văd în viață, Josh! Promit că te voi săruta și eu, dar deschide ochii, iubitule! Nu mă lăsa singură cu ceea ce simt, cu temerile mele, pe care ai început să le alungi, frumosul meu. Începu să plângă încet, în timp ce mâna-i mângâia ușor obrazul, cu inima bătându-i nebunește.

— Fie și doar să aud cuvintele astea de la tine și a meritat să cad de pe motocicletă...

Jackye și-a ridicat repede capul. I se păruse? Îl auzise vorbind sau era din cauza oboselii?

Josh avea ochii întredeschiși și o privea zâmbitor.

— Te-ai trezit! sări ea și l-a îmbrățișat din nou, sărutându-l pe obraz.

— Credeai că scapi așa repede de mine?

A dat să se ridice, dar durerea l-a culcat la loc. Josh a dus mâna la cap, unde era bandajat.

— Chem doctorul să te vadă chiar acum! s-a desprins repede fata și s-a ridicat în picioare, gata să fugă pe culoar.

— Nu! a apucat-o Josh de mână.

— Nu?

— Să nu îndrăznești să ieși de aici fără să faci ce mi-ai spus mai devreme, i-a zis el provocator.

— Și ce am zis, mă rog?

— Că mă vei săruta. Aștept, doar nu vrei să lași un suferind să aștepte, nu-i așa?

— Josh, te-ai lovit la cap și abia te-ai trezit... În mod sigur ți s-a părut că am spus așa ceva. Eu nu ți-aș spune asta... s-a simțit Jackye încolțită.

— Nu minți, știu prea bine ce-am auzit, nu încerca să negi! Vino aici și sărută-mă, fă ceea ce ți-ai dorit să faci!

A privit-o în felul lui irezistibil și Jackye l-a sărutat repede pe obraz. Dar el a prins-o de obraji

și a tras-o spre el, savurându-i buzele, simțind tot mai puternică dorința...

Jackye se simțea explorată și gustată într-un mod unic și dulce, iar senzația era una de care nu se mai sătura.

— Așa e mai bine, mult mai bine... a mângâiat-o el. Acum poți chema doctorul, vreau să ies cât mai repede de aici.

Jackye a ieșit imediat din salon, cuprinsă de o avalanșă de emoții tulburătoare, iar mai apoi, în timp ce doctorul îl examina, l-a sunat pe Gill și l-a anunțat că Josh s-a trezit. Apoi le-a sunat pe Cathy și pe Layla, pentru a le da vestea. Cu toții urmau să vină cât de repede.

Doctorul a invitat-o să ia loc din nou în salon.

— Tânărul acesta ne-a speriat puțin, dar acum totul e sub control la nivel cerebral, are doar niște echimoze pe corp. Starea lui e stabilă, dar îl voi ține sub observație până mâine dimineață, iar dacă totul e în ordine, îl voi externa. S-a întors către pacient: ai suferit un șoc destul de puternic în urma căzăturii, trebuie să iei o pauză de la competiții, cel puțin o săptămână, ca să te refaci complet.

Lui Josh nu-i convenea, dar aprobă din cap.

— Vă las acum, știu că mai vin și alții în vizită, dar n-aș vrea să stea prea mult, Josh are nevoie de odihnă.

— Mă bucur tare mult că ești bine, Josh!

Jackye stătea pe fotoliul pe care petrecuse noaptea, păstrând distanța. Îi părea atât de vulnerabil, dulce și adorabil, stând liniștit acolo, pe patul acela.

— Și eu mă bucur. Văd că nu e nimic grav, așa că nu am niciun motiv de îngrijorare. Dacă ai veni aici și m-ai săruta din nou, sigur m-aș vindeca mai repede, afișă el un aer de rănit, abținându-se cu greu să nu zâmbească.

— Lovitura la cap ți-a dăunat totuși mai mult decât credeam...

— Iar tu ai stat aici, lângă mine, când puteai pleca acasă, să te odihnești. Chiar ți-ai făcut griji, Jackye, a privit-o el cu drag.

— E normal, mi-aș fi făcut griji pentru oricine ar fi fost în situația aceasta. A fost groaznic ce s-a întâmplat, iar poliția anchetează asta. După ce te-ai trezit, i-am sunat pe cei care se ocupă de cazul tău și au spus că vor veni mâine dimineață aici, să-ți ia o declarație.

— Urăsc declarațiile, dar dacă trebuie... Cine mi-a făcut asta trebuie să plătească, zise el hotărât. Ascultă, Jackye, trebuie să-ți mulțumesc pentru tot ce-ai făcut pentru mine; în primul rând pentru că ești aici, alături, când puteai foarte bine să fii în altă parte, cu altcineva... Într-un club, poate...

— Încetează, Josh. În primul rând, eu nu frecventez cluburile, în al doilea rând, sunt unde simt că trebuie să fiu, se pierdu ea în ochii lui frumoși.

— E din cauza contractului? Ești aici doar fiindcă toți cred că suntem împreună? a întrebat-o el cu reproș în glas.

— Nu, Josh, a recunoscut ea înainte să realizeze ce spune. Sunt aici fiindcă așa e uman și firesc.

I-a evitat privirea. Nu voia ca să-i citească emoțiile care fierbeau în ea, sentimente pe care el i le stârnise.

— Mă bucur că spui asta, dar e doar atât, sigur nu e și altceva?

Josh a luat-o de mână, simțindu-se atât de bine fiindcă ea era acolo pentru că își dorea cu adevărat.

— Cum ar fi?

Era uimită de perspicacitatea lui.

— Ești aici pentru că ai început să mă placi, să simți ceva pentru mine, nu-i așa? Mi-ai spus *iubitule*, Jackye, am auzit asta foarte clar, zise Josh mângâindu-i mâna și privind-o ca și cum putea vedea totul în ochii ei.

Jackye simțea cum îi bubuia inima în piept. A sărit ca arsă de pe scaun atunci când ușa s-a deschis.

— Ce bine că te-ai trezit!

Gill aducea cu el o energie caldă și înviorătoare. Și-a îmbrățișat strâns fiul, care i-a răspuns cu aceeași căldură.

— Nu scapi tu așa repede de mine, nu-ți face griji.

— Să nu spui asta nici în glumă, Josh. Nu vreau să te pierd și pe tine...

Gill s-a oprit pentru că l-a văzut pe Josh cum se încruntă, ca și cum ar fi spus ceva ce nu trebuia. Jackye a observat schimbul de priviri dintre cei doi.

— Vreți să vă las singuri?

— Nu, draga mea, nu e nevoie, a privit-o Gill cu drag.

— Tata are dreptate, iubito. Mai bine îmi dai un sărut, știu că-mi va prinde bine... o îmbie Josh cu șiretenie, fiindcă știa că nu putea să-l refuze în prezența lui Gill.

— Trebuie să te refaci, Josh, ar trebui să stai liniștit, l-a săgetat ea cu privirea.

— Dar asta mă ajută foarte mult în refacerea mea... a spus Josh inocent.

Jackye s-a apropiat jenată și l-a sărutat ușor, un sărut scurt, dar care i-a stârnit din nou acea căldură ciudată în corp. S-a așezat apoi pe scaunul de lângă pat.

— Vă stă atât de bine împreună! îi privi Gill admirativ.

— Chiar dacă suntem de puțin timp împreună, formăm un cuplu frumos, nu-i așa, Jackye?

— Așa e... oftă fata, având grijă să zâmbească.

Ușa se deschise din nou, iar prietenii lui Josh au intrat buluc. S-au repezit să-l îmbrățișeze. După câteva minute, a apărut și doctorul.

— E bine că ați venit cu toții, dar pacientul meu are nevoie și de odihnă. Dacă totul va fi în ordine, mâine dimineață îl voi externa.

— Asta e o veste foarte bună, zise Shawn. Atunci nu cred că vom face prea mulți purici pe-aici azi, glumi el, trăgând-o mai aproape pe Layla.

Mai târziu, după ce salonul s-a golit, Gill a întrebat-o îngrijorat pe Jackye:

— Sigur vrei să rămâi peste noapte? Ești obosită.

— Este în regulă, Gill, sunt bine.

Josh s-a ridicat într-un cot:

— Dacă vreți să mergeți acasă, e-n ordine. Voi fi bine, trebuie să vă odihniți!

— În niciun caz! Eu rămân aici, sări Jackye.

N-ar fi putut adormi gândindu-se în fiecare clipă la starea lui Josh. Voia și simțea nevoia să fie acolo, cu el. Gill i-a îmbrățișat pe amândoi.

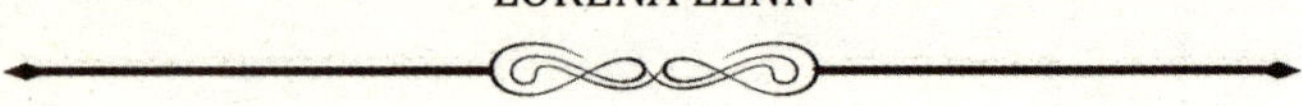

— Bine, în cazul ăsta mă duc eu. Să ai grijă de tine, fiule. Apoi îi făcu cu ochiul. Și să ai grijă și de ea.

— Voi avea, tată, stai liniștit. Iar cu o astfel de asistentă, n-am cum să nu mă vindec.

După ce ușa salonului s-a închis, Jackye a venit lângă Josh.

— Mă duc să mănânc și eu ceva, dar mă întorc repede.

— Du-te liniștită, fără griji, i-a mângâiat mâna cu care se sprijinea de marginea patului. Te voi aștepta aici, nu plec nicăieri.

După cantină, Jackye trecu și pe la capela spitalului. A spus o rugăciune scurtă. Se gândea la Josh, dar și la părinții ei. Dar când intră în salon, avu parte de surpriză și inima i se strânse ca un purice: o tânără blondă îl îmbrățișa pe Josh. în timp ce el încerca s-o dea la o parte.

— Josh, dragule, trebuia să mă anunți că ești aici, aș fi venit imediat.

A încercat să-l sărute, dar Josh s-a ferit.

— Dawn, nu! a îndepărtat-o el hotărât.

Jackye nu ținea minte s-o fi văzut până atunci în preajma lui, dar când se întoarse, a rămas șocată. Fata era aceeași cu care fostul ei prieten o înșelase cu un an în urmă.

— Scuze, n-am știut că ai o vizită...

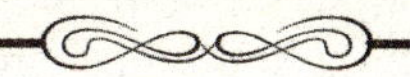

Jackye a dat să închidă ușa și să plece.

— Intră, Jackye, iubito. Dawn tocmai pleca, spuse Josh nepoliticos, pe un ton neașteptat de dur.

— Dar, Josh... eu ar trebui să fiu aici cu tine, nu... I-ai spus cumva *iubito*? Credeam că eu am statutul ăsta, nu reportera asta ștearsă, care nu poate trezi pasiunea niciunui bărbat, adică, uită-te la tine, și se întoarse către Jackye: arăți atât de... cuminte și plictisitoare, fără supărare, i-a zâmbit Dawn cu răutate.

— Mulțumesc, dar îmi place cum sunt și mă simt foarte bine așa, i-a întors ea zâmbetul.

— Dawn, ajunge! Nu îți permit să mai spui niciun cuvânt despre fata asta. Pleacă de aici și să nu mai vii, nu vreau să te mai văd, s-a răstit Josh enervat.

— Josh, dragule, tu ai nevoie de o femeie adevărată, de o femeie ca mine, nu de... așa ceva... Privirea ei arăta dispreț. Nu știu cum te-ai putut uita la cineva ca ea, am rămas uimită când am văzut știrea în ziar, chiar nu știu ce-ai văzut la ea. Când te vei sătura de prostii, tot la mine te vei întoarce, știi bine.

Femeia s-a uitat la el provocator.

— Asta nu se va întâmpla, fii sigură, i-a strigat Josh furios.

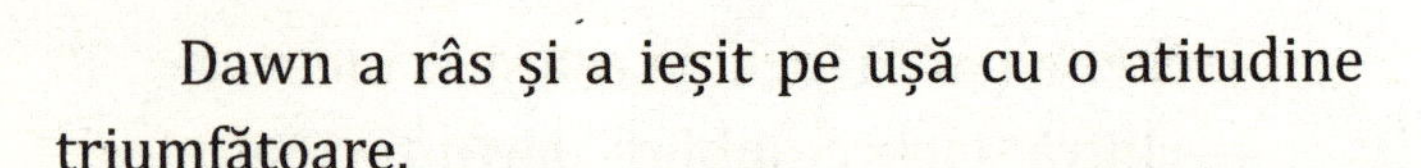

Dawn a râs și a ieșit pe ușă cu o atitudine triumfătoare.

— Jackye, ceea ce ai văzut... începu el pe un ton vizibil iritat.

— Știu ce-am văzut, stai liniștit, nu mie trebuie să îmi dai explicații, doar nu suntem împreună, nu cu adevărat, i-a zis ea zâmbind, dar cu inima strânsă.

— Dawn și cu mine am fost împreună un timp, dar ne-am despărțit. Mă înșela cu Royce. Am aflat mai târziu că el a pariat că-mi va fura iubita. Și iată că a reușit. Nu am avut sentimente puternice pentru ea, dar m-am simțit rănit în orgoliu atunci când am aflat și, prin urmare, am părăsit-o imediat.

— Când s-a întâmplat asta? a întrebat Jackye curioasă.

— Cu un an în urmă. De ce? Îl cunoști pe Royce atât de bine cum pretinde el?

— Îl cunosc îndeajuns încât să știu că e periculos. Nu este de încredere. A durat ceva timp până să-mi dau seama de asta, dar mai bine mai târziu decât deloc, i-a zis ea încercând să aibă un ton cât mai neutru, deși gândul la Royce o făcea să se simtă inconfortabil. Ar trebui să dormi acum, trebuie să te odihnești și să te refaci, iar mâine vei pleca de aici, lucru care ne bucură pe toți.

— Nu mai mult decât pe mine.

Ușa s-a deschis din nou, iar o asistentă a intrat să îi pună perfuzia.

— Te simți mai bine?

— Da, mulțumesc. Voi fi și mai bine când voi ajunge acasă.

După ce asistenta plecă, Jackye merse la fereastră. Încerca să se detașeze de prezența lui în gânduri, lucru care era aproape imposibil.

La un moment dat, când și-a întors privirile, a văzut că Josh adormise. Și-a ocupat locul pe scaun, lângă pat și l-a privit. Dacă cineva i-ar fi spus acum câteva luni ce îi va fi dat să trăiască, nu l-ar fi crezut. Făcuse atâtea lucruri pe care altădată nu le-ar fi făcut, și încurajată de entuziasmul lui Josh, și-a permis ca să vadă viața cu alți ochi.

Cine ar fi crezut că tocmai ea, o începătoare în carieră, va fi atât de aproape de unul dintre cei mai apreciați campioni de motociclism și că nu va fi respinsă într-un mod brutal, așa cum au pățit-o atâția alți reporteri. Era sigură că mulți colegi de-ai ei o invidiau pentru șansa asta, dar ea a știut de la bun început că lucrurile nu vor fi atât de simple, și chiar dacă el acceptase într-un final să îi acorde interviul, încheiase acel contract pentru a o expune și pe ea presei, un lucru deloc plăcut. Cu toate astea, aproape că-l înțelegea. Pe urmă, Josh

era atât de diferit de Royce, iar asta o nedumerea și o făcea să simtă lucruri ciudate, în pofida faptului că-și impusese să nu se lase impresionată. Oricum ar fi stat lucrurile între ei după ce vor fi trecut acele treizeci de zile, ea avea motive pentru care să-i fie recunoscătoare. Spera doar să poată să fie ea însăși până la final, mai ales că atitudinea lui îi dădea o stare de confuzie: se purta la fel cu ea chiar și atunci când erau doar ei doi, ca și când ar fi fost cu adevărat un cuplu, iar modul în care o săruta o făcea să se simtă așa cum încerca să evite să o facă...

Gândindu-se la lucrurile acestea, Jackye l-a mângâiat pe obraz, spunându-și în gând că nu putea face asta prea des, iar de vină pentru acest impuls era doar starea în care se afla el acum.

Îi era atât de bine să-l mângâie, conștientizase ea deodată, așa cum știa că și Josh era conștient de farmecul pe care îl avea asupra ei, cu acel chip frumos și blând, chiar dacă acum avea mai multe vânătăi în urma căzăturii. Jackye și-a așezat capul pe pieptul lui și a adormit în scurt timp. Fusese o zi extenuantă.

Câteva secunde mai târziu, Josh a deschis ochii și a zâmbit. Fusese conștient tot timpul și simțise mângâierile, bucurându-l mai mult decât se aștepta și voia să recunoască. Jackye era atât de

frumoasă, încât el a făcut lucrul la care se gândise de când a deschis din nou ochii: i-a mângâiat chipul, simțind că, la rândul lui, și el are parte de o provocare puternică în ceea ce-o privește, o provocare pe care o voia câștigată.

În ziua următoare, în timp ce doctorul îi pregătea actele pentru externare, doi detectivi i-au luat o declarație referitoare la ceea ce se întâmplase.

— Domnule detectiv, nu am văzut decât mașina aceea neagră, care m-a lovit și m-a zburat de pe motocicletă. În mod sigur, nu a fost ceva accidental. Toată lumea a văzut asta.

Josh a retrăit momentul acela dureros.

— Am înțeles, domnule Collins, vă mulțumim pentru colaborare, a spus unul dintre detectivi. Am luat deja declarațiile altor martori, iar când vom avea un rezultat al anchetei, vi-l vom comunica.

— Mulțumesc. Nu vreau decât ca cel care a făcut asta să plătească așa cum cere legea.

— Așa va fi, domnule Collins. Însănătoșire grabnică!

Detectivii și-au închis agendele, au luat hârtiile, au salutat scurt și au plecat. După câteva minute, a intrat Jackye. Era fericită să-l vadă pe Josh iar pe picioarele lui.

— E totul în ordine, ți-au spus ceva nou?

— Nu, doar că vor verifica și îmi vor spune atunci când vor găsi vinovatul.

— E timpul să mergem acasă, șoferul ne așteaptă.

Era atât de ușor să-l privească așa, cu drag, să se piardă în privirea lui, iar el făcea ca totul să fie atât de ușor...

— Mai bine mi-ar fi adus motocicleta, se amuză Josh de situație.

— Dark Passion are nevoie de reparații serioase, iar Layla m-a anunțat că Shawn se ocupă de asta.

Jackye dădu să deschidă ușa salonului, dar o închise la loc, lipind-o pe fată de ea.

— Josh... Ce faci? Trebuie să plecăm, te rog!

— Doar un sărut, Jackye. Vreau asta, am nevoie de asta de la tine.

I-a mângâiat tandru obrazul și i-a oprit un eventual protest cu buzele lui, sărutând-o de parcă ar fi fost ceva vital. Jackye a început să tremure. O parte din ea refuza, avea motive puternice pentru asta, dar cealaltă parte îi ceda lui Josh încet, dar sigur, oricât ar fi vrut să n-o facă. Îi simțea corpul masiv aproape strivind-o, dar era atât de plăcut, încât era imposibil să reziste, să îi reziste. Mâinile lui puternice, dar blânde, au cuprins-o pe după talie, iar Josh a coborât cu buzele spre gât, sărutând-o încet, dar flămând.

— Ușor, Jackye, nu vreau să tremuri așa, nu vreau să-ți fie teamă de mine, ești atât de dulce, iubita mea...

— Josh... te rog... hai să plecăm!

Se simțea tot mai jenată. Nu voia ca el să știe, să îi afle temerile.

— Ai dreptate, hai să mergem acasă, e cel mai bun lucru pe care-l putem face acum.

O luă de mână și ieșiră împreună din salon. Ajunși la mașină, Hugh i-a întâmpinat cu zâmbetul pe buze, dând mâna cu Josh.

— Domnule Collins, mă bucur că vă simțiți bine și că veniți acasă.

— Mulțumesc, Hugh, și eu simt același lucru.

Jackye a întors capul, privind peisajul.

— Domnul Collins senior abia așteaptă să vă vadă.

— Și eu de-abia aștept asta, a răspuns Josh sincer, fiind absorbit de prezența feminină de lângă el. A luat-o mână și i-a simțit tresărirea ușoară. Dar nu îl privea, iar el simțea nevoia de a descifra misterul care o învăluia.

Odată ajunși acasă, Josh și Jackye, dar și prietenii lui sosiți într-o vizită surpriză, au fost răsfățați de Martha, care pregătise diverse bunătăți culinare.

— Fiule, bine-ai venit acasă! toastă Gill.

— E bine să ne vedem cu toții aici, sănătoși și voioși, l-a bătut prietenește pe umăr Shawn.

— Mulțumesc, amice. Și eu mă bucur să fiu din nou acasă și să vă văd pe toți. Vă mulțumesc tuturor pentru că sunteți alături de mine.

Îi privi cu drag, în timp ce mâna lui era așezată pe talia Jackyei. Erin l-a scos din visare:

— Cât timp trebuie să stai departe de motocicletă?

— Doctorul a zis o săptămână, dar mai vedem... Vreau să mă plimb mai mult pe-aici, pe lângă casă, până când voi participa la următoarea competiție.

— Nerăbdător ca-ntotdeauna, de-abia aștepți să fii din nou acolo, pe pistă, i-a zâmbit Susan.

— Sigur că aștept, puștoaico, îmi place să fiu pe motocicletă. Dar tu, când ai de gând să ne prezinți un pretendent, doar nu vrei să rămâi singura fără partener din grup?

Râsul lui Josh a făcut-o pe Susan să roșească.

— Mai am timp, am doar optsprezece ani, dar când va fi cineva, vei fi primul care va afla, bine?

— Hei, dar cu mine cum rămâne?

Erin abordă un aer protector, de frate mai mare.

— Tu ai fi în stare să-l alungi, așa că vei fi al doilea, glumi Susan.

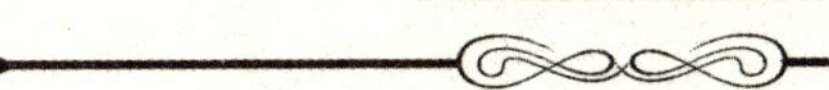

— Nu e adevărat, pot fi foarte rezonabil...

— Cu mușchii ăia? Nu cred.

— Să știi că pot fi foarte prietenos atunci când vreau, trase Erin concluzia.

S-au retras cu toții după o vreme. Jackye a mers până în cameră ca să-și ia o carte și s-a dus în grădină. Aerul proaspăt și soarele strălucitor o făcură să caute un loc umbros. I s-a părut că aude niște zgomote ciudate, după copaci. L-a găsit pe Josh antrenându-se. Avea în fața ei o imagine care o făcu să simtă că are nevoie de un pahar cu apă. Jackye a oftat și l-a privit lung, cu admirație: un bărbat frumos, plin de energie și viață. Se antrena la bustul gol și în pantaloni scurți, iar pe spate i se vedeau vânătăile care îi rămaseră în urma căzăturii. Aproape că-i venea să meargă la el și să-i mângâie vânătăile, pentru a-i alina durerea, dar s-a rezumat la a urmări scena în liniște. Apoi s-a întors și a vrut să plece, dar el a auzit-o.

— Îmi pare rău, n-am vrut să deranjez, căutam doar un loc în care să citesc...

— Nu deranjezi, Jackye. Poți rămâne, acolo e un hamac în care poți sta, îi arătă el obiectul prins între doi copaci.

— Ești sigur? încercă ea să nu coboare privirea atârnată de ochii lui, foarte dificil de altfel,

fiindcă era atât de frumos și puternic, iar pe deasupra, mai și zâmbea, lucru care o făcea să nu se simtă în largul ei.

— Da, ia loc acolo.

Și ea s-a conformat. S-a întins în hamac și a deschis cartea la primele pagini. Altădată, ar fi fost singurul lucru cu adevărat fascinant.

— E bine să te antrenezi atât de devreme? Tocmai ce-ai venit acasă de la spital.

— N-am nicio problemă cu asta, nu vreau să-mi ies din forma obișnuită.

Josh s-a oprit din antrenament, s-a așezat pe o bancă și a desfăcut o sticlă cu apă.

— Dacă spui tu, înseamnă că așa e...

Jackye încercă să se concentreze asupra cuvintelor, dar privirea ațintită asupra ei n-o ajuta deloc.

— Și pe tine te relaxează cititul?

— Da... îmi place încă de când am învățat să fac asta.

Își aminti de vremurile copilăriei, când citea orice carte îi cădea în mână.

— Drăguț... Ce gen?

— Literatură romantică. Unii ar spune că e ușor, dar este genul meu preferat. Ador romanele de dragoste, spuse Jackye zâmbind visătoare, iar el o privea în acel fel în care părea că o putea descifra dintr-o privire.

— Și asta chiar dacă, prin natura carierei tale, te întâlnești cu realitatea zi de zi?

Josh se șterse cu prosopul pe abdomen.

— Da, așa e, dar fiecare are modul lui de a se relaxa, iar al meu este acesta.

Se întinse ca o felină în hamacul atât de primitor și relaxant. Josh a privit-o scurt, a oftat și a reînceput antrenamentul, dureros de conștient de prezența ei acolo, atât de aproape de el.

La un moment dat, Josh a plecat până în casă, dar Jackye aproape că n-a sesizat, atât de mult era fascinată de cartea ei. Când s-a întors în grădină, a găsit-o adormită în hamac. S-a așezat lângă ea, sperând să n-o trezească.

Era atât de frumoasă dormind astfel, mângâiată de razele soarelui.

Josh a mângâiat-o pe obraz, gândindu-se oare ce îl putea atrage atât de mult la ea, însă Jackye era deocamdată un mister, unul pe care dorea să îl dezlege. Știa că era absurd să simtă toate acele lucruri pentru ea, însă ceea ce simțea era mai puternic decât putea și voia să admită. Jackye a deschis ochii aproape imediat, trezită de mângâierea lui ușoară.

— Scuză-mă, am ațipit... Apoi, văzându-l atât de aproape, se încordă ca un arc: dar tu ce faci aici?

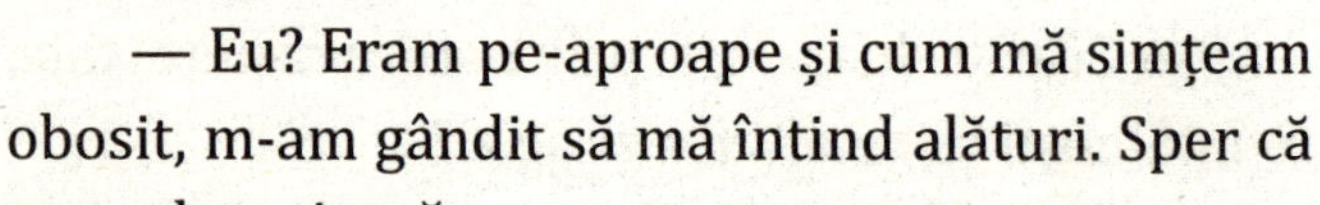

— Eu? Eram pe-aproape și cum mă simțeam obosit, m-am gândit să mă întind alături. Sper că nu te deranjează.

Tonul lui voia să sune inocent, dar Jackye știa că el nu era inocența întruchipată... Nici pe departe...

— Nu, sigur că nu, doar e casa ta...

S-a ridicat brusc, dând să coboare.

— De ce pleci acum? Mai stai puțin, o apucă el de braț.

— Vreau să mănânc ceva, mi s-a făcut foame...

Își eliberă brațul din strânsoare, dar căldura atingerii lui o speria. Se ridică și, după ce făcu doar câțiva pași, îl simți în urma ei.

— Stai că vin și eu, mi s-a făcut foame și mie.

Și-a strecurat mâna în jurul taliei. O umbră îi întristă fetei privirea.

— Josh, chiar trebuie să mă ții mereu așa?

— Doar nu vrei ca ceilalți să ne vadă stând la distanță, nu?

— Bine, bine, dar nu trebuie să fii chiar atât de... drăgăstos. Până la urmă, nu e nevoie să ne ținem de mână tot timpul.

— Nu ai de ales, trebuie să accepți... iubito.

Privirea lui era dură, ca și atitudinea.

Jackye n-a mai reușit să-i răspundă, pentru că, intrând în casă, Martha i-a poftit la masă.

— Martha, Gill este acasă? a întrebat Jackye după câteva îmbucături.

— Nu, a plecat la clubul de golf. Marea lui tentație.

După care plecă și îi lăsă singuri.

— E o adevărată bucurie să o ai pe Martha aici, o femeie atât de amabilă și care gătește dumnezeiește.

— Ai dreptate, Martha e o comoară. Apoi o privi misterios: ai un zâmbet foarte frumos atunci când îl folosești, Jackye.

Fata surâse și acceptă cu un mulțumesc senin complimentul. Gândindu-se la Josh era tot mai conștientă că nu îl poate asocia cu imaginea altuia...

— E timpul să mergem la culcare, i-a spus el privind-o jucăuș.

Era nerăbdător... Dar când i-a surprins teama din privire, a realizat ce-i ieșise pe gură.

— Am vrut să spun...

— Știu, Josh, știu. Eu chiar asta voi face, mi-e somn, a fost o zi plină, iar noaptea trecută n-am reușit să mă odihnesc așa cum trebuie

Jackye s-a ridicat de la masă, iar Josh s-a ridicat și el brusc, făcându-i loc.

— Vin și eu imediat.

S-a abținut cu greu să nu o ia în brațe și să o sărute. Jackye i-a aruncat o privire în treacăt, a

inspirat adânc și a grăbit pașii spre camera lor. A făcut un duș și s-a întins în pat.

O bătaie în ușă a făcut-o să se simtă agitată. Din reflex, s-a întors cu spatele la ușă.

— Jackye, se poate?

— Da, intră.

Ușa s-a deschis, apoi pașii lui și zgomotul cheii care încuia broasca. Jackye a tresărit, dar s-a forțat să nu se gândească la nimic rău.

Josh s-a apropiat de pat și i-a șoptit la ureche un *vin imediat*, i-a mângâiat părul și s-a îndepărtat. Când a ieșit din baie. Jackye avea ochii închiși, dar nu reușise să adoarmă. S-a așezat lângă ea.

— Jackye, trebuie să te întreb ceva: aș avea nevoie să dorm în patul meu, crezi că se poate?

Jackye a deschis ochii.

— Da, dar nu...

— Nu-mi spune, știu deja, și dacă e nevoie, uite, facem așa: îți promit că nu te voi incomoda și nu te voi atinge. Nu vreau decât să mă odihnesc în patul meu, am mare nevoie de asta.

Era conștient de cât de greu îi va fi să își țină promisiunea.

— Josh...

— Da?

— Vreau... Nu am reușit încă să-ți mulțumesc pentru mesajul de pe tricou... A fost ceva neașteptat pentru mine și... foarte frumos. Mulțumesc!

— Nu ai pentru ce. Am făcut ce am simțit, nu e mare lucru.

Chiar și el încerca să se convingă de ce spunea.

— Jackye...

— Da?

Fata îl privea țintă și simțea că privirea ei îl arde.

— Nu te mai uita așa la mine dacă vrei să-mi pot respecta promisiunea de mai devreme.

— Bine, iartă-mă, somn ușor!

Și s-a întors din nou cu spatele.

— Somn ușor, Jackye!

S-a întins în pat, oftând și înghițind cu greu, căci erau separați doar de câțiva centimetri. Era o situație cu totul nouă: niciodată nu mai fusese în pat cu o femeie cu care să doarmă, fără să o atingă. Asta era și Jackye pentru el: ceva cu totul nou, ciudat și misterios.

Josh a adormit cu greu, ascultând-o minute în șir cum respiră și făcând apel la tot autocontrolul de care era în stare pentru a rămâne liniștit pe partea lui de pat, încercând să alunge gândurile interzise care îi treceau prin minte. Mai presus de dorință, Josh simțea o nevoie ciudată de a o proteja, fiindcă deși Jackye voia să pară o femeie rece, dură și calculată, el vedea în ea ceva mai

mult: îi simțise teama, dar și abandonul dulce în brațele lui atunci când o sărutase, iar dorința de a o săruta din nou devenise aproape permanentă.

Jackye simțea o anumită tensiune între ei, tensiune care o făcea să respire puțin mai repede și să fie tot mai neliniștită în preajma lui, mai ales că gândurile ei erau tot mai neclare în legătură cu ei doi, iar limbajul trupului lui îi transmitea că o dorește; simțea asta în privirea, în gesturile și îmbrățișările lui. Problema era că, deși pe de o parte se simțea tot mai atrasă de el, pe de altă parte trebuia să fie rațională, doar își promise ei însăși că nu își va permite o a doua greșeală. Cu aceste gânduri adormise Jackye într-un târziu.

Când el a fost sigur că ea a adormit, și-a urmat instinctul și a luat-o în brațe, apoi a închis ochii, zâmbind și lipindu-se tot mai mult de ea.

Nu s-au mai trezit pentru masa de seară. Oboseala și-a spus cuvântul. Dimineața i-a surprins îmbrățișați. Ea a deschis ochii și i-a simțit brațele în jurul taliei. A vrut să se desprindă, dar Josh a deschis ochii și a eliberat-o instinctiv.

— Îmi pare rău, nu știu cum am ajuns așa...

Jackye era stânjenită. Deși ciufulit, Josh arăta minunat, chiar și-așa, trezit din somn. Aproape că-i venea să-și treacă mâna prin părul lui.

— Nu trebuie să te scuzi atât, pentru mine e o plăcere să te țin așa... Ești minunată, o alintă el, mângâindu-i obrazul și ochii căprui, măriți de uimire.

— Te rog... Trebuie să mergem în bucătărie, încercă ea un protest slab. Simțea o slăbiciune tot mai mare pentru el, iar acest lucru era tot mai periculos...

— Ai dreptate și vom merge imediat, dar mai întâi vreau să...

Se apropie periculos de buzele ei.

— Nu, te rog... Nu mă poți săruta ca și când numai ce-ți dorești tu ar conta.

Se ridică din pat și își căută hainele să se îmbrace.

— Nici n-am spus asta, o opri el, trăgând-o înapoi în pat. Se întinse peste ea, privind-o cu drag.

— Josh, te rog... Uită-te la tine: ești rănit, încă mai ai vânătăi, trebuie să te faci bine și, în plus, poți fi cu orice altă femeie, așa că încetează cu toate astea. Nu suntem cu adevărat împreună, nu uita asta.

Jackye coborî privirea, însă bustul lui gol dezvăluia o priveliște care o făcuse să simtă o sete subită.

— Chiar dacă e adevărat ce spui, sunt un bărbat, Jackye, unul care te dorește, iar tu ești o femeie foarte frumoasă și nu văd ce e rău în asta, doar suntem liberi amândoi.

Josh zâmbi, simțind o bucurie ciudată. Ea chiar era îngrijorată pentru el.

— Suntem liberi, dar nu vrem asta... Eu nu vreau asta... Și nu putem... Ah, Josh, nu mă mai privi așa...

Josh se apropie din nou de buzele ei.

— Vorbește în numele tău, Jackye, fiindcă eu vreau asta, vreau să te gust...

Îi acoperi buzele cu buzele lui, gustând-o încet, dar luând cu fiecare apropiere tot mai mult din ea, în timp ce îi mângâia obrazul, iar limba lui îi lingea buzele.

Josh i-a luat mâna și i-a pus-o în dreptul inimii.

Atinge-mă, Jackye, vreau să te simt măcar puțin, nu-ți fie teamă...

Mâinile lor se împletiră. Jackye răspunse la chemarea lui, neputând să-l refuze în acele momente. I-a mângâiat chipul, iar apoi pieptul, după care a urcat cu mâinile pe spatele lui gol. Era atât de plăcut să îl simtă atât de fascinat de ea în timp ce o săruta intens, dar cu blândețe.

Jackye îl simțea respirând tot mai greu atunci când coborî cu buzele pe gâtul ei, sărutând-o în felul acela amețitor.

— E bine, iubito? Doar spune-mi că e bine...

Se ridică să o privească, mângâindu-i abdomenul.

Jackye i-a văzut ochii plini de dorință, iar magia sărutărilor lui s-a evaporat ca un fum.

— *Vei fi a mea, Jackye, și nimic nu mă va opri. Nimeni altcineva nu te va atinge, căci tu vei fi doar a mea...*

Cuvintele acestea, venite de undeva din adâncul sufletului ei, spuse de cel care aproape că ajunse să fie alesul, reprezentau o parte din amintirea aceea pe care și-ar fi smuls-o, dacă ar fi putut.

— Josh, nu! zise Jackye speriată, cuprinsă de un sentiment de panică insuportabil.

Jackye și-a luat mâinile de pe el și s-a ridicat din pat. S-a oprit în dreptul ușii de la baie, doar cât să îi spună:

— Te rog, Josh, nu-mi mai face asta și nu mă întreba nimic...

A intrat și a închis ușa după ea, răsucind zăvorul de blocare.

— Dar... ce-am făcut greșit? Te rog, doar spune-mi... Nu am avut nicio intenție să te supăr în vreun fel, îi spuse el venind în fața ușii.

— Josh, lasă-mă singură...

Vocea îi tremura.

— Bine, te las, dar ești bine? Te rog, spune-mi măcar atât...

Reacția fetei l-a uimit și l-au cuprins remușcările. Ea stătea pe gresia rece, cu genunchii la gură și lacrimile curgându-i pe obraji.

— Da, doar pleacă, te rog...

L-a auzit cum iese din dormitor și a început să plângă în hohote, simțindu-se atât de singură și de izolată în suferința ei, așa cum se simțea de fiecare dată când se afla în starea aceea oribilă. Nu era demn să se poarte în felul acela cu Josh, mai ales că teama avea un rol important în alegerea ei. Și totul din cauza unei alegeri nepotrivite făcute cu ceva timp în urmă, alegere despre care știa că va rămâne ca marele ei regret.

După câteva minute, Jackye s-a ridicat în picioare și s-a spălat pe față cu apă rece, încercând să se liniștească.

S-a privit în oglindă și a văzut din nou expresia aceea încărcată de tristețe, care o deprima. A plecat de la oglindă și s-a băgat sub duș, după care și-a prins părul și s-a schimbat în pantaloni scurți și tricou, încercând să pară din nou acea Jackye sigură pe ea, în ciuda faptului că unele lucruri din

trecutul ei aveau puterea de a-i schimba dispoziția mult prea des și brusc, chiar și atunci când credea că putea, în sfârșit, să meargă mai departe.

L-a găsit pe Josh în bucătărie. Mânca. Nici nu îndrăznea să-l privească, atât de jenată se simțea.

Martha a apărut dintr-o dată în bucătărie, spre bucuria ei. Nu voia să fie singură cu el, nu voia să-i răspundă la întrebările pe care în mod sigur le avea.

— Bună dimineața, Jackye!

— Bună să fie, Martha!

A mâncat din farfuria întinsă, încercând să se concentreze doar la asta, dar pofta îi pierise deja, mai ales că simțea privirea lui Josh ațintită asupra ei. Dar Martha îi deturnă atenția:

— A sunat Shawn, îți transmite că va veni în vizită într-o oră.

— Bine, mulțumesc, i-a răspuns el cu vocea obișnuită, însă Jackye i-a văzut frământarea, iar ea știa motivul.

— Mă retrag, merg să pregătesc ceva dulce.

Jackye s-a întors spre Josh:

— Gill n-a coborât încă?

— Nu, probabil că doarme, nu-i place să fie matinal.

Josh încă o analiza. Descifrase o parte din misterul ei: ascundea ceva, se vedea clar, și avea

de gând ca, mai devreme sau mai târziu, să afle totul.

— Nici mie nu-mi place să fiu matinală, aș dormi cel puțin o oră în plus dimineața.

Fiindcă terminaseră amândoi de mâncat, Jackye a adunat farfuriile și le-a pus în chiuvetă.

— Nu e nevoie să faci asta, Jackye, încercă el să o oprească, dar ea a continuat să strângă de pe masă.

— Vreau doar să o ajut pe Martha.

Se apucă să spele farfuriile, punând o distanță între ei, distanță care fusese rapid scurtată, pentru că Josh se apropie, cu mâinile în buzunar de astă dată. Vocea era mai joasă ca de obicei când i-a vorbit.

— Jackye...

Ea s-a întors și l-a surprins trecându-și o mână prin păr, gest care îi plăcea, trebuia să recunoască. A ezitat.

— Nu începe, te rog... uite, poți să te prefaci că nu s-a întâmplat nimic și totul e în regulă...

A așezat farfuriile la locul lor, iar apoi s-a întors din nou către el, sperând să fie pregătită pentru ceea ce urma să audă.

— Nu pot să fac asta, Jackye. Pe lângă faptul că totul a fost atât de bine până la un moment dat,

brusc ai devenit palidă și aproape că ai fugit de lângă mine. De ce? Nu cred că ți-am făcut eu ceva atât de rău încât să te sperii în așa hal. Îți mărturisesc că n-am mai întâlnit o astfel de reacție.

Se apropie un pas, o săgeta cu privirea, o scormonea mai mult, ca și cum ar fi știut adevărul, dar voia să îl audă de la ea.

— Eu... am redevenit conștientă de lucrurile care ne-au adus în împrejurările de față și știi la fel de bine ca mine că nimic din toate astea nu e real. În plus, nu pot să am o astfel de apropiere cu cineva pe care îl cunosc de atât de puțin timp.

— Sunt de acord cu tine în unele privințe, dar unele lucruri nu țin de cunoaștere sau de timp, ci de ceea ce simt cele două persoane. Și cine ți-a spus că trebuia să existe acel gen de apropiere chiar acum câteva minute? Eu n-am spus asta, ci doar că...

— Știu ce-ai spus, nu vreau să aud din nou, vreau doar să uiți ce s-a întâmplat mai devreme și să ne rezumăm la îndeplinirea rolurilor noastre. Mai bine mi-ai spune cum te mai simți, decât să vorbești despre mine.

S-a așezat pe scaun, căci el era din nou prea aproape, iar asta nu era bine. Josh s-a așezat alături.

— Chiar te preocupă?

— Da, trebuie să te faci bine ca să-ți continui pasiunea.

Jackye a încercat să schimbe subiectul. Se simțea prea vulnerabilă să discute despre ea și el...

— Așa e, îi zâmbi el. Sunt bine, nu trebuie să-ți faci griji, dar tu ești cea care ai ceva pe suflet și nu vrei să-mi spui despre ce e vorba.

A prins-o de mână și a mângâiat-o.

Ușa s-a deschis, iar în prag a apărut Martha. L-a informat scurt că i-au sosit vizitatorii, apoi a dispărut la fel de iute. Lui Jackye îi venea să o îmbrățișeze de bucurie.

— Nu se poate, râse Josh, de fiecare dată când vorbim ceva important, apare ceva sau cineva care ne întrerupe.

S-a ridicat de pe scaun și a luat-o de mijloc:

— Să mergem, iubito, musafirii ne așteaptă.

— Știi că ești imposibil uneori, da? Tu chiar savurezi asta.

— Știu, dar voi fi posibil într-o zi, ține minte asta, îi spuse el privind-o cu viclenie, în timp ce mergeau spre terasă pentru a întâmpina musafirii.

Jackye a rămas din nou fără replică și l-a însoțit în tăcere, gândindu-se la cuvintele lui. Odată ajunși pe terasă, s-au salutat și îmbrățișat cu toții.

— E bine să te vedem din nou teafăr, Josh, îi zise Shawn zâmbind mai mult decât de obicei.

— Mulțumesc, așa e, ai dreptate.

Între timp, Martha, i-a servit cu limonadă.

Josh a observat că Shawn și Layla fac schimb de priviri și își zâmbesc unul altuia. Îi plăcea felul în care se iubeau și se înțelegeau cei doi, iar o parte din el își dorea să aibă ceea ce aveau ei: iubirea care îi făcea pe oameni să devină mai buni și îi schimba în totalitate.

— Ce e cu voi, porumbeilor?

Erin, Cathy și Susan priveau și ei la fel de nedumeriți.

— Spune-i tu, îi zise Shawn Laylei, în timp ce îi săruta mâna.

— Nu, spune-i tu, voi doi sunteți prieteni și vă cunoașteți de mici.

— Nu contează cine spune, numai spuneți odată, m-ați făcut curios, le zise Josh zâmbitor, împletindu-și degetele cu cele ale Jackyei, simțindu-i ezitarea, dar bucurându-se de apropierea aceea.

— Ne căsătorim în weekend-ul care vine, a făcut Shawn anunțul.

— Felicitări! le ură Josh, îmbrățișându-i din nou.

Felicitările și urările de bine au început să se audă din partea tuturor celor prezenți. Bucuria se citea pe chipurile lor.

— Se vede că de-abia așteptați nunta, continuă Josh, privindu-i cu drag.

— Așa e, trei ani de relație ne-au fost de ajuns ca să știm că vrem mai mult, a confirmat Layla emoționată. Fetelor, vă invit mâine seară la petrecerea burlăcițelor. Va fi foarte frumos, și, desigur, vor fi și băieți care ne vor încânta privirile.

Shawn, Josh și Erin le priveau puțin încruntați.

— Dar noi nu vă încântăm privirile? a întrebat-o Shawn, prefăcându-se supărat.

— Ba da, dar mai admirăm și noi peisajul... La fel cum veți face și voi la petrecerea burlacilor, inocenților!

— Hmm... Atunci să invit și eu băieții la petrecerea burlacilor, care va avea loc tot mâine seară, dar în altă locație, desigur. Nu vrem ca fetele noastre să fie invidioase pe fetele care ne vor încânta privirea...

— O, dar nu vom fi, dragul meu. Noi nu suntem invidioase, nu-i așa, fetelor?

Râseră cu toții. Se simțeau bine și în largul lor împreună. Shawn le făcu cu ochiul:

— Noi trebuie să plecăm, mai avem treburi de rezolvat, dar ne vedem mâine seară. Ne vom distra de minune!

— Abia aștept, îi răspunse Josh jovial, ridicându-se și salutându-i pe toți, așa cum făcuse și Jackye.

— Fetelor, ne vedem mâine seară, le atenționă Layla fericită. Jackye, să nu lipsești!

— Voi fi acolo negreșit, răspunse ea.

— Să fii sigură că și eu voi fi acolo, sări și Susan.

— Nu ai încă douăzeci și unu de ani, surioară, așa că mai vedem, o temperă Erin.

— Îi vei da voie, Erin. E un ordin din partea miresei, îl admonestă Layla.

— Susan va merge la petrecere, Erin, îl trase și Cathy de mânecă, râzând și punându-și mâinile în șolduri.

— Erin, te rog, las-o să meargă, vom avea grijă de ea, îl rugă și Jackye.

— Ai auzit? Nu ai de ales, vă mulțumesc, fetelor!

— În cazul ăsta, mă declar încolțit și învins: Susan va merge la petrecere, dar nu uitați ce mi-ați promis, o vreau teafără și nevătămată înapoi, îi avertiză Erin, stârnind amuzamentul tuturor.

În scurt timp, casa s-a golit. După ce au plecat cu toții, Josh și-a deschis agenda și a consultat-o. Jackye a dat să plece, dar vocea lui serioasă a oprit-o.

— Nu pleca, tu vii cu mine.

— Ce s-a întâmplat? Și nu poți să spui *te rog*? l-a admonestat ea, gândindu-se cu teamă la ce avea să-i spună.

— Bine, Jackye, te rog să vii cu mine. Am o invitație din partea unui cămin de copii, aflat la ieșirea din oraș. Mi-au spus că m-au văzut recent la televizor și își doresc să mă revadă, iar eu le voi îndeplini dorința. Poți să ne faci niște fotografii, dar astea vor rămâne în arhiva mea privată. Fără presă, ne-am înțeles? Nu vreau ca oamenii să afle despre asta, nu fac astfel de lucruri pentru popularitate, ci pentru sufletul meu și al copilașilor.

— Bine, în cazul ăsta... normal că vin cu tine, Josh. Cât despre ce mi-ai spus, poți conta pe discreția mea, îl asigură Jackye, sincer impresionată de gestul lui. E curios cum alte persoane publice își doresc să iasă în evidență făcând astfel de lucruri....

— Eu nu sunt *alte persoane publice*, Jackye. Eu sunt doar eu și dacă fac un lucru, este pentru că vreau să-l fac. Credeam că ai început să înțelegi asta. Apropiindu-se de ea, văzu cum razele soarelui se reflectau în păr. Ce credeai că vreau să îți propun, unde credeai că vreau să te duc? Acolo? îi arătă dormitorul.

— Eu... De fapt, nu aveam idee ce voiai să îmi spui, dar cu tine nu știu niciodată la ce să mă aștept.

Voia să se miște, să plece de lângă el, dar corpul nu mai asculta de ceva timp de rațiune.

— Sunt un om simplu, Jackye, te vei convinge de asta, mai ales dacă nu vei mai fi tentată să crezi ce e mai rău despre mine. Îi mângâie tandru părul, obrajii și colțul buzelor. Nu te mai uita așa la mine, hai să mergem la cumpărături, copiii așteaptă.

O sărută rapid pe obraz. Nu voia să o mai vadă privindu-l cu teamă, nu mai suporta asta. Era mai bine să fie prudent și să se stăpânească. Pe cât posibil...

— Mulțumesc Josh, îi răspunse Jackye la sărut și făcându-l astfel să-i zâmbească în felul acela irezistibil.

— Pentru ce? a întrebat-o el, privind-o cu drag.

— Pentru... mai devreme.

— Crede-mă că nu e ușor, doar că nu mai vreau să te văd reacționând ca azi-dimineață. Hai să mergem, trebuie să facem niște copii fericiți.

A lăsat-o fără replică. A luat-o de mână și au plecat împreună. Întâi magazinul, apoi căminul de copii.

Drumul n-a fost lung, iar Josh a pornit radioul. Jackye se uita pe geam, încă tensionată de gesturile lui. Ajunși la destinație, au fost întâmpinați cu bucurie de niște țânci care se bucurau alături de doamna Evelyn Scott, directoarea stabilimentului.

— Iu-huuu, Josh! Josh! Josh! au strigat cei mici în cor, adunându-se în jurul lor.

— Copii! Copii, cum spunem? îi dojeni doamna Scott.

— Bună ziuaaa, domnule Cooolliiins! au răspuns cei mici în cor, privindu-i curioși.

— Bună ziua, dragii mei, puteți să-mi spuneți Josh. Se lăsă pe vine și făcură o îmbrățișare de grup. Mă bucur să fiu aici, cu voi, îmi sunteți tare dragi!

— Bună ziua, doamnă Scott, salută și Jackye emoționată.

— Bună ziua, domnișoară Rowen! Mă bucur că Josh a venit, în sfârșit, însoțit de cineva. Ne vizitează de câte ori poate, dar mereu e singur. Sunteți prima persoană care îl însoțește aici, i-a mărturisit ea.

Remarca a sunat destul de straniu. Pe de o parte era surprinsă, iar pe de altă parte se bucura. Privindu-l pe Josh alături de copii, trăia senzații care o copleșeau. Încerca din răsputeri să nu-și arate starea.

— Ea cine este, soția ta? a întrebat un băiețel blond, cu ochi albaștri, arătând cu degetul spre Jackye.

— Nu, copii, ea este iubita mea. Nu-i așa că e frumoasă?

Jackye s-a înroșit instantaneu.

— E foarte frumoasă, poate să fie și iubita mea? continuă același băiețel, care se lipi se piciorul doamnei Scott.

— Allan, ce lucruri spui și tu! îl dojeni directoarea.

— E în ordine, o liniști Josh. Când vei crește, îți vei găsi o iubită la fel de frumoasă, dar deocamdată aș vrea să o păstrez doar pentru mine. Nu te superi, da?

— Nu mă supăr, nici mie nu-mi place când îmi ia Timmy mașinuța, răspunse prompt băiețelul, arătându-l cu degetul spre Timmy, care se și încruntase.

— Până vei crește, va trebui să te mulțumești doar cu un pupic de la mine, se aplecă Jackye și-l sărută pe Allan pe amândoi obraji. Băiețelul părea fericit cu soluția găsită.

Josh se ridică și încercă să le capteze atenția:

— Copii, acum va trebui să mă ajutați aici, la mașină. Am ceva pentru voi.

Copiii s-au strâns imediat la mașină. Împreună cu Jackye, au ajutat la descărcat. Apoi fiecare a primit o pungă cu dulciuri și rechizite pentru școală, dar și o jucărie.

— Acum vreau să fiți atenți, vedeți mașina asta mare, cu prelată?

— Daaa! au răspuns din nou cu toții în cor.

Sunt cei de la magazinul de unde am luat și jucăriile. Au fost drăguți și m-au ajutat și ei, astfel încât fiecare va primiii... și lungi puțin cuvântul, creând suspansul necesar.

Se făcu liniște. Jackye privea emoționată, încercând și ea același sentiment de surpriză.

— Ce vom primi? întrebă o fâșneață de fată, nerăbdătoare nevoie mare.

— Ei bine, fiecare va primi o bicicletă!

Zarva nu mai contenea. Băieții de la magazin se apucară să descarce una câte una bijuteriile pe două roți. Iar bucuria era de nedescris.

— Cum spunem, copii? le atrase atenția din nou doamna Scott.

— Mulțumiiim, Josh și Jackyeee! au răspuns ei fermecați, apoi și-au văzut fiecare de cadouri.

După mai multe ore petrecute jucându-se cu cei mici, Josh Collins și Jackye Rowen au plecat fericiți și bucuroși spre casă, nu înainte de a le promite celor mici că vor reveni. Pe drum, Jackye îi spuse foarte serios, iar sinceritatea și emoția ei îl copleșiră:

— Mulțumesc pentru ieșirea asta. N-am mai fost niciodată într-un astfel de loc, dar de foarte multe ori m-am întrebat oare cum trăiesc cei

mici care rămân orfani. Au fost cu toții minunați. Nu merită destinul pe care îl au, dar sper să își găsească familii iubitoare.

— Nu ai pentru ce să-mi mulțumești. Ai dreptate, nu merită așa ceva, iar noi, cei care îi vizităm, le facem astfel o mică bucurie acestor copii frumoși.

— Poți să mă lași la Cathy acasă, te rog? Mergem împreună la cumpărături pentru evenimentul de mâine seară, îi spuse Jackye.

— Sigur că da, doar e mașina ta. Mă bucur că ai avut încredere în mine să o conduc. Spune-mi, ai mai fost la o petrecere a burlăcițelor? Știi ce se întâmplă acolo?

— Nu, dar am auzit tot felul de povești... încercă ea să nu roșească.

— Deseori, viitoarea mireasă și prietenele ei urmăresc un show incendiar de striptease masculin. Ai mai văzut așa ceva?

— Nu că ar trebui neapărat să-ți spun, dar nu. N-am mai văzut, dar sunt sigură că mă voi adapta ușor.

— Așa, deci, te vei adapta... Perfect atunci.

A frânat brusc, luând-o prin surprindere.

— De ce-ai oprit, ce mai pui la cale?

— Am ajuns la destinație, Jackye, de ce crezi că am oprit?

Tonul era cel adaptat, de băiat inocent, dar privirea arăta altceva, provocare, insinuare, numai inocență nu.

— Bine... Atunci ne vedem mai târziu, cred...

Înghiți în sec, pentru că el a început să-și descheie încet, ca într-o mișcare cu încetinitorul, nasturii de la cămașă.

— Ce faci? Ai înnebunit?

Părea că Josh se distra de minune. O provoca și o întărâta.

— Îți făceam o mică demonstrație și m-am gândit că, dacă tot te poți adapta atât de ușor, ai putea să începi cu mine. Îi luă mâinile și le puse pe pieptul lui. Poți să-mi desfaci chiar tu cămașa, Jackye, ce spui?

— Josh! Trebuie să ajung la Cathy, am întârziat destul!

Și-a tras mâinile, a deschis portiera și a ieșit val-vârtej din mașină, cu inima bubuindu-i ca o tobă în piept.

— Jackye, stai, i-a strigat el, sărind de la volan și venind în fugă lângă ea. N-am vrut să te supăr, am glumit doar. Văzând-o nesigură, i-a luat mâinile în mâinile lui și i le-a scuturat nerăbdător să obțină iertarea. Te rog, nu mă privi așa, a fost doar o glumă...

— Bine, Josh, doar pleacă, te rog... Găsește-ți o femeie dornică de lucrurile astea, dar nu mă trata astfel, nu merit asta, îi zise ea simțind o durere bruscă în piept la gândul că ar putea să-l vadă astfel cu vreo femeie...

— Plec doar dacă-mi spui că nu ești supărată pe mine. Și nu mai vorbi așa, eu nu vreau altă femeie... Haide, zâmbește, Jackye, altfel nu scapi de mine.

Jackye i-a zâmbit, gândindu-se că el devenea tot mai irezistibil și nu știa ce să facă și cum să reacționeze.

— Mulțumit? i-a ciufulit ea părul, neputându-se abține. Era destul că se opunea dorinței de a-l îmbrățișa și de a-l săruta. Era conștientă că se luptă cu ea însăși în privința sentimentelor pe care le avea pentru Josh, dar nu putea să riște din nou.

Voia să încerce să-i reziste, deși devenea tot mai greu...

— Nici pe departe, iubito, dar deocamdată să spunem că e suficient...

S-a apropiat și a sărutat-o pe obraz, exact lângă buze, fiind conștient de tremurul ei, dar și de efectul pe care îl avea asupra lui femeia aceasta, fragilă la interior, dar puternică și determinată la exterior.

Josh a sărutat-o, apoi s-a urcat în mașină și a plecat, lăsând-o fără glas, fără replică, fără stabilitatea aceea emoțională la care muncise din greu.

Pur și simplu, Jackye a rămas pe loc, privind în urmă. Parcă îi lua ceva din ea de fiecare dată când o atingea și o săruta, făcând-o să savureze ceea ce-i făcea, nemaiputând să rămână la fel de sigură pe ea.

Când și-a venit în fire, Jackye a intrat la Cathy val-vârtej.

— Mergem?

— Mergem, ia tu mașina, Josh este cu a mea.

Au colindat magazinele și, după multe încercări și eforturi, și-au găsit rochiile perfecte pentru petrecere.

— Ești foarte frumoasă, Cathy, rochia asta neagră îți stă perfect!

— Roșu și negru, potrivirea perfectă, nu? Hai, vom face furori, ești foarte sexy așa.

— Să vedem ce zice și Josh, să nu-l „înfurie" prea tare roșul ăsta.

— Atunci hai să ne răcorim noi, preventiv. Gellateria este chiar aici.

— Cum merg lucrurile între voi doi? a întrebat-o Cathy mai târziu, în timp ce erau la o masă, savurând înghețata italiană.

— Nu este vorba de „noi", Cathy. Știi prea bine despre ce e vorba.

I-a povestit despre vizita la căminul de copii și despre cuvintele lui de mai devreme.

— Hmm, desigur, în mod clar nu este vorba de „noi" aici. Cred că ești singura care ia lucrurile așa. Bărbatul ăsta te vrea, Jackye. Ți-a spus în față că nu vrea altă femeie și tu te prefaci că nu înțelegi. Am văzut cum se uită la tine. Josh nu se compară cu...

— Te rog, nu-i pronunța numele, nu vreau să-l aud, pentru mine nu mai există și vreau să cred că totul a fost doar un coșmar din care m-am trezit demult, din fericire.

— Acest coșmar, cum îi spui tu, te afectează și acum, și nu e bine, nu e bine deloc. Tu trebuie să-ți dai o șansă și să fii fericită, Jackye. Sigur că există și momente de suferință în viață, dar nu sunt doar alea. Știi cum se spune: chiar și după cea mai puternică furtună, soarele va străluci din nou. Tu crezi că el nu simte că e ceva ciudat cu tine? De asta se poartă atât de delicat, nu vrea să te sperie, dar totul pornește de la tine, draga mea. Tu trebuie să te împaci cu tine însăți și să îți dai voie să iubești, chiar dacă nu e totul roz în viață. Nu există perfecțiune, dar este atât de frumos să te bucuri de viață, să speri, să crezi, să iubești...

— Gata, Cathy, serios. Bine, recunosc, ai dreptate, dar totul se va întâmpla atunci când trebuie să se întâmple. Mai bine spune-mi cum sunteți tu și Erin?

— Totul bine, cel puțin deocamdată. Erin este un bărbat minunat și sper să nu-mi dea vreun motiv ca să-mi schimb părerea.

— Mă bucur pentru voi...

— Vreau să mă bucur și eu pentru tine, draga mea, fie că e vorba de Josh, fie că e vorba despre oricare alt bărbat, numai tu să fii fericită!

— Mulțumesc. Nu știu ce m-aș face fără tine.

— Știi că e reciprocă treaba, da? Ești ca o soră pentru mine.

Stăteau față în față, emoționate și zâmbitoare. Fericirea pe care le-o insufla prietenia de-o viață transpărea pe fața lor. Înghețata se topise de mult. Cathy o luă de mână și o îmboldi:

Hai să plecăm de aici sau ne podidesc lacrimile, simt că nu mai avem mult.

În mașină, Jackye și-a verificat telefonul. Avea un mesaj:

Bună, sunt eu, J. Pot să împrumut mașina și să merg după Gill, la clubul de golf? Mașina noastră e în service, tocmai ce-am aflat.

— Ce s-a întâmplat, îi este deja dor de tine? chicoti Cathy și porni motorul.

— De unde știi că el? întrebă Jackye surprinsă.

— Am bănuit după cum te-ai înroșit brusc, îți tremură puțin mâinile pe telefon și zâmbetul nu-ți mai încape pe față. Din câte știu eu, nu ieși cu altcineva, așa că doar am presupus...

— Cât îți place să exagerezi, intră și Jackye în joc. În primul rând, este doar un mesaj prin care îmi cere permisiunea să îmi folosească mașina, a lor a intrat în service, nu știu de ce; în al doilea rând, nimic nu e ciudat în asta.

I-a scris repede un răspuns lui Josh, dându-i acceptul. Mai târziu, când a ajuns acasă, și-a dus cumpărăturile în cameră, s-a schimbat repede și a mers glonț în grădină, la hamac. A adormit imediat. Josh a ajuns la câteva minute după ce Jackye deja începuse să viseze. S-a schimbat și el și s-a dus să se antreneze, dar a renunțat la planul lui imediat ce a văzut-o pe Jackye dormind în hamac. Inițial s-a gândit să se întoarcă și să iasă cu prietenii, dar dorința de a se așeza lângă ea era mai puternică decât orice altceva. Luptându-se cu dorința și atracția irațională pe care o simțea, s-a așezat totuși alături. N-ar fi vrut decât să o îmbrățișeze, iar apoi să o sărute... Dar nu putea păcăli pe nimeni, cu atât mai puțin pe el: nu era vorba doar acel *decât*, ci până când ar fi uitat de tot în jurul lor. Doar ei doi, împreună, în extazul suprem...

Dormea când Jackye a deschis ochii. O ținea în brațe, cufundat în vise. Ea a vrut să se ridice, dar Josh a strâns-o, în somn, mai tare la piept. A auzit vocea lui somnoroasă:

— Doar stai lângă mine, mai stai puțin...

— Iartă-mă, n-am vrut să te trezesc. Cum m-ai găsit aici?

Stând așa, la pieptul lui, inima-i bătea cu putere.

— N-a fost greu, am văzut că-ți place în hamac, lângă zona mea de antrenament.

A început să plouă. O ploaie caldă de vară, care devenea tot mai serioasă. S-au ridicat și au alergat spre casă, dar la un moment dat Josh s-a oprit, a luat-o de mână și a tras-o spre el. A privit cum picăturile îi udă fața.

— Ai mai fost sărutată în ploaie?

— Nu e momentul pentru astfel de confesiuni, dar fie... nu. Hai să mergem, putem răci.

A vrut să se desprindă, dar el nu i-a dat drumul, acoperindu-i buzele cu buzele lui, simțind că se află exact acolo unde trebuie și cu cine trebuie. A sărutat-o minute în șir, dornic, înfometat și conștient de cât de dor îi fusese să facă asta, mângâindu-i talia, spatele și chipul, în timp ce ploaia îi uda nemiloasă.

Jackye a fost luată prin surprindere, dar era ceva ce-și dorea, își dorea atât de mult ceea ce-i

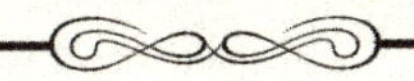

oferea el, mai ales că o făcea cu atâta blândețe, dar și pasiune, o pasiune mistuitoare pentru amândoi.

— Jackye, iubito, ai un gust atât de bun... Aș vrea să te simt toată, știi asta, nu-i așa? îi șopti el, abia respirând printre sărutări.

— Gata, Josh, este suficient, te rog! l-a oprit Jackye, desprinzându-se de el și pornind în fugă spre casă. S-a oprit direct la bucătărie, acolo unde se aflau Martha și Gill, care mâncau.

— O, draga mea, stai jos, te-a prins ploaia afară, a invitat-o Martha cu drag.

— Merg întâi să mă schimb de hainele astea ude, a zis Jackye.

Ajunsă în cameră, și-a dat tricoul jos și a rămas doar în sutien și pantaloni scurți. Când să-și dezbrace și pantalonii, ușa s-a deschis, iar în prag a apărut Josh. Jackye s-a întors speriată.

— Jackye...

Mut de uimire, privirea i-a alunecat pe formele dezvăluite de sutien în timp ce se acoperea rapid cu tricoul de pe pat.

— Ieși! i-a strigat ea agitată.

— Ies, scuze, nu am știut că... Ai lăsat ușa așa, nu ai încuiat-o...

— Am uitat o dată în viață, uit și eu, și vezi ce se-ntâmplă... Ieși, te rog! Stătea nemișcată, hipnotizată de privirea lui doritoare.

— Ies, a încercat el s-o liniștească cu vocea lui caldă, în timp ce închidea ușa. S-a lipit apoi de toc, trecându-și mâna peste frunte, simțindu-se tot mai înfierbântat. A strâns din dinți la gândul că dincolo de ușa camerei lui era ea, aproape goală, iar apoi a plecat spre bucătărie, încercând să nu se mai gândească la ceea ce tocmai văzuse.

Jackye a ajuns în bucătărie câteva minute mai târziu, îmbujorată și deloc în apele ei. S-a așezat pe scaun și a început să mănânce. Gill și Martha vorbeau despre întâmplările de peste zi. Josh a plecat și s-a întors în scurt timp, s-a apucat și el să mănânce în tăcere, absent.

O văzuse doar pentru câteva clipe, dar nu-i putea uita privirea. Și știa că nu se simțise bine deloc.

După ce-a terminat masa, Jackye a mers ca să-și facă un duș, apoi s-a întins în pat. Josh a intrat și el în cameră, a făcut la rândul lui un duș, iar apoi a venit în pat lângă ea și a luat-o în brațe.

— Ți-am lăsat medicamentele pe noptieră, sper că nu te deranjează.

S-a întors cu spatele. Toate acele mângâieri tandre o agitau.

— N-am nevoie de ele...

— Am vrut doar să ajut, dar dacă te deranjează, n-am să mai fac... deși am văzut eu cam cum se țin promisiunile pe-aici.

Senzația dată de bustul lui gol, lipit de spatele ei încă reavăn de la duș, o înfioră plăcut.

— Dacă vrei să mă ajuți, atunci sărută-mă, îi ceru el pe un ton coborât.

— Știi că nu pot să fac asta...

— Poți, dacă vrei. Știu cum mă săruți atunci când te sărut. Ți-am spus cât ești de frumoasă?

— Te mai dor rănile? l-a întrebat ea, evitând să îi dea un răspuns și încercând să devieze subiectul. Uite, încă mai ai semne.

I-a atins rănile de pe brațe, ca într-o mângâiere.

— Nu, sunt bine, sunt tot mai bine, dar nu schimba vorba. Răspunde la întrebare, îi ceru el, împletindu-și degetele cu ale ei.

— Bine. Nu, nu cred că mi-ai mai spus... Mulțumesc de compliment, încercă ea să fie politicoasă.

— Și eu? Sunt atrăgător? Sunt suficient de atrăgător pentru tine, iubito? Uite o poză live, încadră fața cu palmele, ca într-o ramă.

Râseră amândoi.

— Nu cred că ai nevoie de confirmarea mea. Tu știi prea bine asta...

Sângele ei se încălzea la orice zâmbet pe care-l primea.

— Vreau doar să aud asta de la tine, Jackye, haide recunoaște, doar spune-o!

Îi sărută degetele unul câte unul. Nu-și mai putea lua ochii de la ea.

— Câtă aroganță! Da, Josh, ești atrăgător, ești extraordinar de atrăgător, mulțumit?

— Hmm, tot mai mulțumit. Hai să dormim, e târziu și mâine trebuie să ne pregătim pentru petrecere. Noapte bună, iubita mea!

— Noapte bună, Josh, dar nu sunt iubita ta! îi atrase ea atenția.

Josh a sărutat-o scurt, gustându-i buzele cu lăcomie. Erau dulci.

— Vei fi, te asigur de asta, de-abia aștept acel moment.

Jackye a ridicat o sprânceană, dar n-a mai zis nimic, a închis ochii și s-a lăsat îmbrățișată de Josh.

Dimineață, el s-a trezit primul. Jackye l-a simțit cum se ridică din pat, a auzit apa curgând la duș, dar apoi a ațipit la loc. I-a simțit buzele ferme și sărutul. A deschis ochii și l-a împins mai încolo.

— Ce faci? Iar? Știi că nu trebuie...

Trase pătura pe ea, privindu-l cu un amestec de teamă și curiozitate.

— Doar exersam. Nu ne mai vedem decât foarte puțin azi, pentru că vine petrecerea, iar până mâine mai e mult. Așa că m-am gândit să mă bucur din nou de gustul tău, i-a spus el relaxat, mângâind-o.

— Nu poți să-mi furi săruturi la nesfârșit și nu se cade să-ți tot încalci promisiunile.

Altădată ar fi simțit o ură nestăpânită față de autorul unui astfel de gest, dar acum...

— Dacă te-aș aștepta pe tine să iei inițiativa, aș îmbătrâni.

S-a ridicat din pat și i-a făcut cu ochiul.

— Ne vedem mai târziu, iubito. Să fii cuminte la petrecere și să nu te lași cucerită de vreunul dintre băieții ăia frumoși care se dezbracă iute de tot.

— Tu ai ce...? Nu poți vorbi serios. Nu îmi mai spune iubito, cel puțin nu atunci când suntem doar noi doi. Și încetează să mă săruți, dacă vrei să săruți o femeie, sunt sigură că vei găsi unele mai mult decât disponibile pentru tine. Nu trebuie să te prefaci interesat de mine, nu îți va reuși jocul.

— Nu joc niciun joc, să știi, și nici nu mă prefac interesat de tine. Chiar sunt interesat de tine, și dacă nu ai fi atât de încăpățânată și temătoare, ți-ai da seama.

— Bine, atunci faci toate astea doar fiindcă ești curios, ceea ce poate e normal, doar ești bărbat și uneori pasiunea îți poate întuneca judecata. Dar atât, iar eu nu vreau să fiu obiectul curiozității tale, Josh Collins. Eu vreau doar să scriu articolul pentru care mă aflu aici, nimic altceva, ai înțeles?

Hotărâse să traseze o limită.

— Jackye, știu ce am auzit când eram pe patul de spital, știu cum reacționezi când te sărut, știu că îți dorești articolul ăla cu ardoare și mai știu că nu ești un obiect al curiozității mele. Doar te-am sărutat de câteva ori, nu e nevoie să exagerezi, nu e ca și când te-aș fi forțat. Despre asta e vorba? Reacționezi atât de dur față de mine fiindcă ceva sau cineva te-a rănit în trecut? Ei bine, eu nu sunt acel cineva, să ții minte asta. De fapt, sunt convins că aș putea să fac să-ți placă tot ceea ce ar însemna împreună, Jackye, și cred că de asta ți-e cel mai teamă: că eu aș putea să te fac să-ți placă, iubito, iar asta nu ar fi nici rău și nici greșit, fiindcă suntem doi adulți și ne putem comporta astfel. Gândește-te la asta, fiindcă se va întâmpla și acel lucru între noi, iar când voi face dragoste cu tine, te vei gândi doar la mine, iubito, și-ți vei aduce aminte de vorbele mele.

Jackye își puse mâinile în șolduri, uimită de tirada lui și emoționată până în vârful nasului.

— Nu, nu mai vreau să aud toate astea. Refuz categoric să cred tot ce ai spus!

— Nu trebuie să crezi, dar atracția asta există între noi și la un moment dat va exploda, Jackye, iar atunci nu vei putea decât să te lași în voia ei, în voia mea. Ne vedem mâine și cât a mai rămas

din luna asta pe care o petrecem împreună, va trebui să mă suporți, dacă chiar îți vrei articolul, o atenționă el hotărât.

— Asta înseamnă că mă șantajezi, doar ca să... ca să fiu cu tine în felul acela? îl privi ea îngrozită.

— Vezi? Mereu te gândești la ce e mai rău. Nu, Jackye, nu asta am vrut să spun. N-am forțat niciodată o femeie și nu voi începe cu tine, dar îmi vei suporta temperamentul, la asta mă refeream.

S-a apropiat de ea și a îmbrățișat-o.

— Josh, dă-mi drumul, se zbătu ea strivită de brațele puternice.

— Șșș... Doar te țin în brațe. Nici măcar n-am să te sărut, deși vreau asta foarte mult. După ce se termină petrecerea, noi doi va trebui să avem o discuție foarte serioasă.

— Dar... nu vreau să fac asta... Nu vreau să-mi deschid inima în fața ta. Mi-e teamă, Josh, mi-e atât de teamă...

— Gata cu teama. Nu trebuie să-ți fie, eu sunt cu tine și nu ți se va întâmpla nimic rău. Hai că trebuie să plec acum, să ai grijă de tine!

Privirea lui o topea, dar simțea sinceritatea din vorbele lui.

— Și tu, îi ură ea urmându-și instinctul și l-a îmbrățișat, apoi l-a sărutat pe obraz, însă buzele

ei îl căutau și astfel Jackye i-a sărutat buzele, punând în acel sărut o parte din inima ei, sau poate că nu doar o parte...

— Vezi că poți dacă nu-ți refuzi ție în primul rând asta?

— Ochii tăi... strălucesc... îi zise ea privindu-l cu atenție.

— Am motiv pentru asta, și să știi că și ai tăi strălucesc.

I-a întors sărutul, simțind o fericire stranie, pe care nu o mai trăise cu alte femei.

— Haide, pleacă, e timpul să pleci!

— Plec, dar abia aștept să mă întorc...

Și a plecat, lăsând-o pe Jackye cu gândul la toate acele vorbe și la sărutul lui ademenitor.

După ce-a făcut duș, Jackye s-a îmbrăcat și a plecat spre Cathy. Împreună, trebuiau să ajungă la Layla, ca să o ajute la aranjarea sălii în care urma să aibă loc petrecerea. Susan era deja prezentă. După trei ore de muncă neîntreruptă, s-au așezat la o masă și și-au luat ceva de băut.

— Totul arată minunat, vă mulțumesc, fetelor!

— Cu plăcere, vei avea o petrecere de neuitat!

— Abia aștept să înceapă, spuse nerăbdătoare Cathy.

— Sunt sigură că totul va ieși bine. Apoi Jackye s-a scuzat. Eu trebuie să plec, ne vedem mai târziu.

A ajuns acasă, și-a pregătit rochia pe care o cumpărase deunăzi și s-a dezbrăcat, nu înainte să încuie ușa camerei. Se gândise aproape toată ziua la cuvintele lui Josh, dar și la el. I se întâmpla tot mai des în ultima vreme, chipul, dar și corpul lui îi tot apăreau din te miri ce în fața ochilor când nu era prin preajmă, dar punea acest lucru pe seama faptului că locuiau în aceeași casă și dormeau în același pat, între ei formându-se un anumit atașament. Într-un colț al inimii era ceva pentru Josh, recunoștea asta, dar nu voia să se gândească prea mult.

După ce a îmbrăcat rochia roșie, Jackye s-a studiat cu atenție în oglindă. Își lăsase părul liber, se parfumase și se simțea pregătită pentru petrecere, deși era puțin nervoasă gândindu-se la stripperii ăia. Un alt lucru pe care nu-l mai făcuse.

A ieșit din cameră și a coborât scările care duceau spre sufragerie. Acolo a dat nas în nas cu Josh, care era îmbrăcat la costum. Răvășitor de frumos, îi răsări gândul aproape imediat. I s-a strâns inima văzându-l. Iar Josh, cu ochii măriți de uimire, părea că înghițise un elefant.

— Așa mergi îmbrăcată? își drege glasul într-un final.

— De ce, găsești vreo problemă la rochia mea? Este decentă și foarte frumoasă.

— E prea... Jackye, arăți... Îți vine foarte bine, ești foarte frumoasă, îi zise Josh hipnotizat, luând-o de mână și răsucind-o ușor pentru o piruetă.

— Mulțumesc, îi zâmbind ea recunoscătoare. Și tu ești foarte frumos.

— Arătați foarte bine amândoi, sunteți un cuplu minunat! exclamă Gill, care apăru de niciunde. Încotro?

— La niște petreceri separate, unul pentru burlaci și celălalt pentru burlăcițe. Doar o conduc până acolo, apoi îmi văd de drum.

— Dacă eram în locul tău, n-aș fi lăsat-o nici cinci minute fără mine. Eh, ce ți-e și cu tinerii din ziua de azi...

— Trebuie să plecăm, este târziu.

Jackye s-a desprins din brațele lui Josh, în care acesta o cuibărise în timpul discuției, și putu să respire, deși fusese atât de bine!

— Așa este, iubito, hai să mergem.

A luat-o de mână și a condus-o spre mașină.

— Distracție plăcută! a mai apucat Gill să le ureze.

Josh a trântit portiera și a pornit muzica. A auzit-o cum oftează.

— S-a întâmplat ceva?

— Nu... de ce?

S-a uitat pe geam câteva secunde, dar privirile îi erau atrase tot de el. Gesturile lui, modul cum a băgat în viteză, un bărbat degajat, puternic, frumos... Atât de aproape de niște femei care nu vor avea prea multe haine pe ele...

Zâmbi în sinea ei. Prea multe gânduri.

— Mi se pare mie sau te-ai întristat dintr-o dată? Ar trebui să fii mai veselă, e petrecere, ce naiba, cine știe, poate că-ți vei întâlni marea iubire, o tachină el.

— Lasă asta în seama mea, te rog. Mulțumesc oricum pentru grijă.

— Cu plăcere, iubito. Dacă ai nevoie de ajutor, eventual să vin și să te salvez de vreun eventual pretendent, să mă suni, voi fi la dispoziția ta.

A prins-o ușor de mână

— Mulțumesc, dar dacă acel pretendent se dovedește a fi marea mea iubire, nu cred că aș putea rata ocazia de a-l cunoaște, i-o întoarse Jackye zâmbind cu satisfacție de gestul lui, atunci când l-a văzut că-și încleștează maxilarul. Pentru un iubit formal, așa cum ești tu, nu prea ți se potrivește reacția asta ciudată.

— Tu te joci cu focul, Jackye. Atât timp cât ești cu mine, nu vreau să te văd cu un alt bărbat, ai înțeles?

Parcă mașina în scuarul din fața clubului și opri motorul.

— În cazul ăsta, abia aștept să treacă luna și să mă eliberez de acel contract odios.

A ieșit furioasă din mașină, trântind portiera. Dar Josh a sărit sprinten de la volan, a ajuns-o din urmă și a luat-o în brațe, aproape strivind-o.

— Până atunci ești doar a mea și am de gând să-ți amintesc asta prea des, i-a spus el ferm, luându-i în stăpânire pe buzele, cercetând și gustând din nectarul lor.

Jackye n-a mai avut timp să reacționeze, dar nici nu era intrigată, pentru că Josh lua și dăruia cu aceeași intensitate, în timp ce ea simțea că se topește pur și simplu în brațele lui, iar rațiunea dispare, lăsând loc dorinței pure.

— Lasă-mă, te rog! Nu te juca așa cu mine, eu nu sunt Dawn sau altele, așa că nu mă atinge, nu ți-am dat voie să faci asta!

L-a împins brutal și i-a dat o palmă răsunătoare. Era prea furioasă ca să se controleze și se simțea înjosită.

— Mă dorești la fel de mult pe cât te doresc și eu, știi foarte bine. Am simțit asta din nou și

nu uit, fii sigură de asta. Și ai dreptate, tu nu ești Dawn sau altele, tu ești Jackye a mea, doar a mea, nu uita asta, iubito!

— Nu fi arogant, nu este adevărat, nu toate femeile suspină după tine, Josh Collins.

— Ne vedem dimineață în patul meu, căci tot acolo vei ajunge, Jackye, îi zise el oarecum satisfăcut de concluzie, apoi o lăsă ca să se îndepărteze, nu înainte de a-i oferi o bezea din vârful buzelor. S-a urcat în mașină și a demarat în grabă.

Jackye a stat locului câteva secunde, neputând să se miște din cauza furiei.

Cel mai rău lucru era că el avea dreptate, avea să ajungă din nou în patul lui. Era nevoită, avea un contract și ținea să respecte partea ei. Dar nu și din plăcere. Nici nu voia să se gândească la faptul că ar putea să... îl dorească. Nu, așa ceva era imposibil... Seara asta trebuia să se distreze și să-l lase pe Josh Collins deoparte, să-l scoată din gândurile ei măcar pentru o noapte.

Cathy a văzut-o imediat ce a intrat în club.

— Credeam că nu mai ajungi. Haide, fetele abia așteaptă să începem.

— Iartă-mă că am întârziat. Traficul...

— Aiurea, uită-te la tine, ce trafic? Ai avut vreo discuție? Ceva te neliniștește. Ce s-a întâmplat?

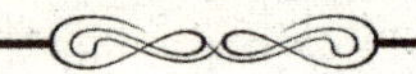

— S-a întâmplat că Josh susține niște lucruri... apoi, pe nerăsuflate, îi povesti totul.

— Josh e nebun după tine, eram sigură! Am știut asta încă din primele clipe în care v-am văzut împreună. Și tu?

— Și eu, ce?

— Și ție îți place Josh, recunoaște. Am văzut cum vă uitați unul la altul, vă sorbiți din priviri și sunteți atât de drăguți... Ce frumos, un simplu interviu ți-a adus în cale bărbatul potrivit.

— Hai să nu exagerăm. Tu știi prea bine de ce trebuie să stăm unul în preajma celuilalt. Nu sunt fluturașii pe care îi simți tu pentru Erin, încercă Jackye să se calmeze.

— Aha... Vezi să nu! L-ai văzut pe Josh cu vreo femeie de când sunteți *împreună*?

— Nu, dar... trebuie să păstrăm aparențele amândoi...

— Hmm... Și când nu sunteți plecați la vreun eveniment, nu stă cu tine acasă? Ce, l-ai văzut să plece în căutarea vreunei cuceriri?

— Cathy, mă simt ca la un interogatoriu, ce e cu întrebările astea?

— Răspunde-mi! îi ceru Cathy hotărâtă.

— Nu, nu pleacă, e mai mereu pe acasă, de cele mai multe ori se antrenează în grădină, aproape de locul unde stau eu și citesc, recunoscu ea cu sinceritate.

— Serios? Şi tu poţi să citeşti cu el acolo, lângă tine, cu toţi muşchii ăia la vedere? se amuză prietena ei.

— Ei, bine, da! Simţea că-i arde faţa. Şi nu e chiar lângă mine, e la câţiva metri de mine... o corectă ea pe Cathy.

— Mă rog, cam acelaşi lucru... Iar tu eşti o mică mare mincinoasă, draga mea, nu uita că te cunosc. Se vede că şi tu îl placi. Ar trebui să îi dai o şansă, zic şi eu aşa, din prietenie.

— Ar trebui să mergem, fetele ne aşteaptă, iar eu am de gând să mă bucur de petrecerea asta.

Jackye a luat-o de mână şi a tras-o după ea, până la masa unde era toată lumea.

S-au salutat, s-au pupat, s-au îmbrăţişat. Layla a complimentat-o imediat: Arăţi minunat! Nu mă gândesc cum de te-a lăsat Josh să pleci când te-a văzut aşa. Ştii, nu l-am mai văzut pe Josh atât de fascinat de cineva. De obicei, nu face prea mulţi purici lângă cineva, dar cu tine şi-a depăşit recordul.

Jackye n-a spus nimic, nici nu ştia ce-ar fi putut spune.

Susan s-a ridicat de pe scaun şi, zâmbitoare, s-a dus glonţ la DJ-ul de serviciu. I-a spus la ureche ceva.

— Orice pentru tine, frumoaso!

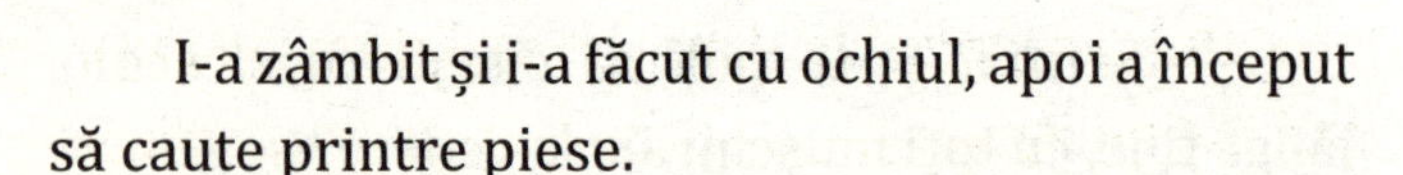

I-a zâmbit și i-a făcut cu ochiul, apoi a început să caute printre piese.

— Cine-i tânărul acela drăguț, prințeso? a preluat-o imediat Cathy, văzând-o atât de zâmbitoare.

— E Jason, DJ-ul nostru și colegul meu de clasă. Mă rog, fostul coleg, acum ne pregătim de facultate.

— Foarte drăguț, și sunteți doar prieteni?

— Da, cel mai bun prieten al meu, așa am fost în toți acești patru ani de când ne cunoaștem, roși Susan. Să nu-i spui lui Erin, te rog, el nu știe asta și ar fi în stare să se uite urât la Jason doar dacă l-ar vedea stând lângă mine.

— Stai liniștită, nu-mi pârăsc prietenele.

— Ați face o pereche frumoasă, spuse Layla gânditoare.

— Oh, nu, nu e cazul, ne respectăm foarte mult și ne înțelegem foarte bine, dar de aici și până la... Nu, nu se poate.

Susan mai aruncă o privire cu coada ochiului spre DJ, apoi s-a întors spre chelnerița care venise să le ia comanda.

Layla s-a ridicat de la masă și le-a făcut semn tuturor:

— Fetelor la dans! De-aia suntem aici, în seara asta trebuie să ne distrăm din plin.

După repriza de dans, Layla le-a propus celorlalte un joc:

— Ce-ați zice ca fiecare dintre noi să răspundă la întrebarea următoare: ce ne place cel mai mult la iubitul nostru? Regula de bază este sinceritatea. Eu vă răspund prima: cel mai mult îmi place la Shawn caracterul lui. Este un dulce. Desigur, la asta se adaugă corpul apetisant...

Cathy s-a prins și ea în joc:

— Mie îmi place cel mai mult la Erin determinarea lui de a obține ceea ce își dorește și, desigur, pot adăuga și eu corpul, care vine ca o încununare a frumuseții lui interioare.

— Frumos, frumos, o lăudă Layla, zâmbind cu gura până la urechi. Jackye, e rândul tău?

Jackye a tresărit. Știa că avea să-i vină rândul și se tot gândea la ce-ar fi putut spune.

— Ei bine, mie îmi place cel mai mult la Josh felul în care mă face să fiu de acord cu el, modul în care mă convinge să fac lucruri pe care înainte nu aș fi avut curajul să le fac și maniera în care mă face să simt că evoluez pur și simplu ca persoană și să mă redescopăr pe mine însămi.

Chiar gândea toate astea.

— Foarte frumos, se vede că prezența lui Josh în viața ta îți face bine, a zis Layla impresionată.

Jackye a roșit, apoi a oftat ușor.

— Și tu, domnișoară tânără, spune-ne adevărul: ce-ți place cel mai mult la Jason?

Layla, care punea toate întrebările, părea amuzată de situație, iar Susan își dădu ochii peste cap.

— Mă pot baza pe el oricând, asta-i cel mai important.

— Frumos și răspunsul ăsta...

În acel moment se auzi chiar vocea lui Jason în difuzoare:

— Domnișoarele aflate aici, în această seară, pentru o ocazie specială, dar mai ales domnișoara Layla Stanford, care în curând va deveni doamna Sheldon, trebuie să afle că a sosit surpriza! Rezistați fetelor, ceea ce veți vedea vă va delecta și vă va uimi. Băieți, dați-i drumul! după care a pornit din nou muzica.

Din boxe a răsunat o melodie languroasă și s-a tras cortina pe o mică scenă amplasată în fața meselor. Lumina s-a stins, după care un joc de lasere a făcut ca sala să pară din altă lume. Pe scenă și-au făcut apariția trei bărbați cu măști pe față, care au intrat cu spatele la spectatoare. Erau îmbrăcați în cămăși și pantaloni lungi. Câteva secunde mai târziu, s-au întors cu fața spre ele și au început să danseze pe melodia aceea senzuală.

Susan, Layla și Cathy au început să țipe și să aplaude, iar Jackye a zâmbit sfios, admirând în tăcere priveliștea. Nu mai văzuse un spectacol de striptease masculin și nu știa exact la ce să se aștepte. Nu putea decât să urmărească scena.

Bărbații se descurcau foarte bine, constatase Jackye. Și-au desfăcut papioanele de la gât, după care, cu mișcări lente, și-au descheiat cămășile, lăsând să se vadă trupurile bine lucrate.

Lor li s-a alăturat și Jason, care intră în ritm, sub privirile uimite ale Susanei.

Odată ce cămășile și-au găsit locul pe podea, ei și-au dat jos măștile. Erau toți cu zâmbetul pe buze.

Fetele au rămas plăcut surprinse: pe scenă nu era nimeni altcineva decât chiar iubiții lor: Shawn, Erin, Josh. Desigur, Jason li se alăturase.

Momentul de surprindere nu a durat decât o clipă, căci fetele au început să aplaude și să danseze în ritmul melodiei, privindu-i cu drag pe bărbați, lăsându-i să-și ducă spectacolul până la capăt.

După ce au mai dansat câteva minute, fiecare dintre ei s-a apropiat apoi de iubita lui și au început cu toții să danseze, zâmbitori și fericiți.

— Noi nu vom face același lucru pentru voi, Shawn, îi atrase atenția Layla râzând, în timp ce își puse brațele în jurul gâtului lui.

— Ai dreptate, nu vei face asta. Nu aici... îi zise el zâmbind, făcându-i cu ochiul, iar Layla știa ce-și dorea el și îi zâmbi fericită.

— Ați fost grozavi acolo, pe scenă, îi zise Cathy lui Erin, în timp ce el o întoarse cu spatele la el, dansând cu ea.

— Mă bucur că ți-a plăcut, am văzut că ați apreciat numărul nostru, îi zise el zâmbind, după care a început să-i sărute ușor gâtul, văzând în același timp că Jason o îmbrățișează pe Susan.

— Ce face băiatul ăla cu mâinile pe sora mea, se încruntă Erin, cu intenția să se ducă până la ei, să vadă despre ce era vorba.

Dar Cathy îl prinse de braț:

— Nu fi ridicol, ești fratele ei, nu tatăl. Dansează, fac același lucru ca și noi.

— Bine că nu dansează exact ca noi, că altfel... reveni Erin în brațele Catherinei. Uite cum se uită la ea, o privește de parcă ar mânca-o....

— Liniștește-te, nu mai fi așa îngrijorat, doar dansează. Normal că fac asta, doar sunt tineri. În plus, tu cum mă privești?

— De parcă aș vrea să te iau de aici, să te duc acasă și să... continuă Erin, dar Cathy îi puse arătătorul pe buze.

— Nerăbdătorule...

Râdea și se lipi și mai mult de el. Se bucura pur și simplu de prezența lui.

— Ți-a plăcut surpriza?

Jason a tras-o pe Susan spre el, lipind-o ușor de corpul lui și savurând senzația.

— Da, dar... Tu ai știut că ei vor fi stripperii?

— Normal. Ce spui de micul meu ajutor, cum m-am descurcat acolo, pe scenă?

Îi urmări curios reacția.

— Ăăă... Te-ai descurcat foarte bine, ca un tânăr arătos ce ești, și pe deasupra care se mai și mișcă bine, și-a învins ea timiditatea. Nu te-am mai văzut atât de detașat și de volubil, am fost chiar surprinsă. Deci pui muzică, dansezi, arăți bine... Ce alte lucruri nu știu încă despre tine?

Îl redescoperea pur și simplu și îl plăcea și mai mult.

— Nu-ți rămâne decât să afli, doar că sunt anumite lucruri pe care nu le poți descoperi decât dacă ești iubita mea, spuse el hotărât. Până când să ne prefacem că suntem doar prieteni, când știm prea bine amândoi cât de mult ne potrivim?

Jason îi sărută galant mâna, analizându-i în același timp reacția. Susan era uimită, iar inima îi bătea foarte tare.

— Jason, tu vorbești serios? Mă surprinzi... N-am crezut că vrei mai mult...

— De multă vreme, doar că nu mi-am găsit curajul până acum să ți-o spun.

— Nu e doar o joacă pentru tine?

— Tu niciodată n-ai fost și nu vei fi o joacă pentru mine, Susan, să nu uiți asta. Împreună vom încerca să fim mai fericiți decât am fost până acum.

Atunci accept să fiu iubita ta, Jason, îi zâmbi Susan timid.

Știa deja că începea o poveste interesantă, pe care o visase de mai multe ori. Buzele lui i-au atins buzele într-un sărut tandru și pasional.

— Te voi face fericită, îți promit!

— Știu... îl îmbrățișă Susan pentru prima oară ca iubită, mai fericită ca oricând.

La câțiva metri distanță, Cathy, care văzuse totul, a zâmbind și l-a sărutat, la rândul ei, pe Erin, distrăgându-i atenția.

Pe ringul de dans, Josh și Jackye, înlănțuiți și ei în dans, se bucurau unul de celălalt. El mai expansiv, iar Jackye atentă la fiecare gest, încercând să se eschiveze mai tot timpul și să nu arate toate sentimentele.

— Cum ți s-a părut spectacolul nostru, ți-a plăcut?

— O surpriză plăcută din partea voastră. Noi așteptam niște stripperi adevărați, dar... să zicem că a fost chiar acceptabil.

Îl tachina, mai mult ca să nu-i arate cât de mult însemnase momentul pentru ea.

— A, da? Ia spune-mi, care dintre noi ți-a plăcut mai mult?

Îi plăcea să o simtă în brațele lui, fie și doar așa, în timpul unui dans. Se gândea cum ar fi fost să o țină în brațe și să o sărute până la epuizare, dar, desigur, nu-i putea spune asta cu voce tare. Nu încă...

— Hmm... nu m-am gândit. Toți sunteți frumoși, fiecare în felul lui. Fiecare aveți ceva special, zise ea sinceră.

Inima ei îi spunea că el era cel mai frumos pentru ea, dar Jackye nu putea să îi spună asta lui Josh.

— Știi, probabil vei avea multe cereri de la fanele tale, să le dansezi așa cum ai făcut-o pe scenă, atunci când vor vedea informația asta în articol, îi spuse Jackye amuzată.

— Foarte drăguț din partea ta, dar informația asta nu va ajunge nicăieri, iubito... Sper că nu vrei un război cu mine.

Jackye s-a încruntat, dar nu pentru declarația belicoasă, ci pentru disperarea că nu-l putea face să nu-i mai spună *iubito*.

— Dacă vrei să repet ce am făcut pe scenă, nu trebuie decât să îmi spui. Îți asigur o reprezentație privată, o înțepă el.

— Mulțumesc, nu e nevoie, respinse ea oferta, dar ochii zâmbeau și inima spunea altceva.

Josh era îndrăzneț, dar avea un fel special de a fi, și nu se putea supăra cu adevărat pe el. O făcea să râdă, o făcea să experimenteze lucruri noi, o făcea să-l privească într-un anumit fel, dar mai ales să aibă încredere în el și să se gândească mai mereu la el, doar la el.

— Ești sigură? Știi că îți fac o ofertă de nerefuzat, nu-i așa? Și mai știi că îmi place să te simt așa, lipită de corpul meu, de pielea mea... Știi... Mă poți atinge, mă poți îmbrățișa, chiar mi-ar plăcea să te simt astfel...

I-a luat palmele și i le-a lipit de pieptul lui gol, făcând-o să-i simtă inima bătând.

Jackye a tăcut, îl privea vrăjită, îi mângâia pielea, îl simțea altfel, îl integra în universul ei. Făcu o piruetă și se lipi cu spatele de trupul lui, dansând în continuare pe ritmul muzicii.

— Nu te speria, Jackye, bucură-te de moment, dansează cu mine, doar cu mine, iubito, îi șopti, simțind-o încordată. O luă de mijloc și o lipi și mai tare de el. Ești atât de frumoasă, te rog să nu uiți clipa asta, orice s-ar întâmpla.

O strânse în brațe, cu mâinile încolăcite sub sânii ei. Apoi își împletiră degetele, dansând ca înainte de un sfârșit de lume.

Jackye s-a lăsat în voia lui. Nu mai făcea niciun efort să se opună, se abandona încetul cu încetul.

Nu era atât de greu, pentru că Josh o seducea zi de zi, puțin câte puțin. Nu voia decât să se bucure de acel moment, de ei doi dansând.

Melodia s-a terminat și s-au așezat cu toții la masă. Au povestit ca între prieteni, așa cum erau de fapt.

— Avem ceva să vă spunem, zise Susan privindu-i pe toți cei din jurul ei, în timp ce îl ținea strâns de mână pe Jason, care își ținea un braț în jurul ei.

— Ce? o întrebă repede Erin, privindu-i suspicios.

— Eu și Jason suntem iubiți, este oficial, zise Susan ignorând privirea încruntată a fratelui său, privire care nu o speria deloc.

— Așa este, confirmă și Jason, zâmbitor și fericit.

— Și asta ați decis așa, fără să întrebați pe nimeni?

— Frățioare, nu uita în ce secol trăim, nu trebuie să cerem voie nimănui pentru asta, râse Susan, venind lângă el și îmbrățișându-l.

— Ei bine, în cazul ăsta nu mai am nimic de spus, nu pot decât să accept decizia, dar vai de tine dacă nu ai grijă de ea.

Părea serios, chiar amenințător, dar nu se mai putu abține și izbucni în râs. Se ridică, îi strânse

mâna lui Jason bucuros, realizând parcă dintr-o dată cât de mult crescuse sora lui.

— E normal, nu? întrebă el așa, la modul general, dar cu toții se amuzară.

— Voi avea grijă de Susan, i-a promis Jason, privindu-l în ochi, bărbătește. Și se vedea că vorbește serios.

— Ce romantic! Ce frumos! Aplauze pentru noua pereche a grupului nostru! Să fiți fericiți, frumoșilor! bătu din palme Layla, parcă pentru a încununa relația lor.

— Mulțumim, și voi să fiți fericiți, viitori miri! spuse Susan emoționată printre aplauze.

Pe rând, Cathy, Shawn, Jackye și Josh îi felicitară.

— Puștoaico, o atenționă Josh, dacă băiatul ăsta te va supăra, la mine să vii prima dată. Să ai grijă de ea, e o fată grozavă și minunată, Jason!

— Știu și voi avea.

Au petrecut câteva ore bune, apoi și-au luat rămas bun și s-au despărțit și mai buni prieteni.

Ajunși acasă, au făcut duș, Jackye prima, apoi și Josh.

S-a întins în pat, a închis ochii și și-a dat seama că îl aștepta. Ce va spune atunci când se va băga alături? Era somnoroasă și relaxată, dar simțea o nerăbdare dulce-amară, căci avea un sentiment ciudat care o domina și de care nu

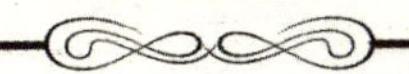

putea să scape. Era ca și cum chiar și-ar fi dorit ca Josh să o îmbrățișeze, să o sărute, dar atunci când se întâmpla asta o cuprindea panica și nevoia de a se îndepărta de el. Îi era teamă de dorința lui pentru ea, însă, pe de altă parte, simțea că începuse să se atașeze de el, sentiment pe care ar fi vrut să îl ignore, dar nu reușea.

Pierdută în gânduri, nici nu l-a simțit.

— În noaptea asta, sau cât a mai rămas din ea, îmi vei da voie să te sărut mai mult decât am făcut-o până acum, iubito. Mă voi opri la cel mai mic semn al tău, dar trebuie să te simt, vreau să te simt lângă mine și să mă pierd în sărutul tău dulce. I-a luat chipul în mâini și a privit-o de parcă i-ar fi putut citi toate gândurile. Am eu o bănuială, știu că nu-ți e ușor să accepți asta, dar trebuie să ne dai o șansă, să-mi dai o șansă, Jackye. E important pentru amândoi, mai spuse el, după care stinse veioza și începu să o mângâie.

— Josh, dacă fac asta, trebuie să-mi promiți că pot să am încredere în tine că te vei opri la cel mai mic semn al meu, așa cum chiar tu ai spus.

— Nu știu cu ce fel de bărbați ai avut de-a face până acum, dar poți să ai încredere în mine, îi spuse el sincer, privind-o cu drag, cu mult drag.

Jackye inspirând adânc, încercând să se pregătească psihic pentru avalanșa de senzații pe care știa că i-o va stârni el. Sărutările lui erau atât

de blânde, încât fata a rămas surprinsă și în câteva minute i-au dat lacrimile, lacrimi inspirate de el, de felul în care o săruta și o făcea să se simtă. Știa că nu va putea merge până la capăt cu el fără să îi spună totul...

Josh a sărutat-o încet pe gât, venind ușor deasupra ei și mângâindu-i abdomenul.

Jackye respira tot mai repede, oftând din când în când, iar el reveni la buzele ei, după care îi sărutase și-i culesese cu buzele lacrimile de pe față. S-a așezat lângă ea, înlănțuind-o cu brațele.

— Acum spune-mi ceea ce vrei să îmi spui, o luă el direct, văzându-i privirea confuză în lumina difuză a lunii pline care trecea prin draperiile ferestrei.

— Dar... nu am... nu pot... De unde ai știut că...

Era uimită de perspicacitatea lui și de felul în care îi înțelegea reacțiile. Josh a luat-o de mână.

— Nu e nevoie de cuvinte ca să-mi dau seama de unele lucruri, Jackye. Acum vorbește cu mine și spune-mi ce ai pe suflet. Sunt aici și te ascult.

— Eu... știu că trebuie să-ți spun niște lucruri, dar nu mi-e ușor...

Încerca să-i evite privirea.

— Jackye... nu te voi judeca și în mod sigur nu voi râde de tine. Știu că e dificil, dar ai încredere în mine.

— Bine, tu ai vrut-o... Dar să nu mai spui cuiva toate astea. Vreau să rămână între noi, așa cum și tu mi-ai spus lucruri pe care să nu le mai spun nimănui. Ai înțeles?

Reuși să se uite direct în ochii lui, acolo unde găsise doar răbdare și tandrețe, iar asta o impresionă.

— Așa va fi, îți promit!

— Nici nu știu cum să încep… Ei bine, pe scurt, povestea e următoarea: eu nu am fost interesată de băieți până când nu l-am întâlnit pe... fostul meu prieten, acum un an. Evită să-i dea numele. Eram doar o fată simplă, cu preocupări simple, lucru care nu prea s-a schimbat între timp... Iar el unul dintre cei mai populari băieți pe care i-am avut în școală. Treptat, mi-a câștigat încrederea, am început să ne întâlnim tot mai des și să simt că îl plac tot mai mult. Mai târziu, deși nu aveam decât câteva luni de relație, a început să mă preseze să... știi tu... l-am rugat să aibă răbdare cu mine, iar el a promis să aștepte. Într-o zi, mi-a spus că are o surpriză pentru mine și m-a invitat la el acasă. Ajunsă acolo, am aflat că era singur, părinții lui erau plecați în vacanță. Ne-am uitat la un film și am dansat, a început să mă sărute și să încerce să mă convingă să-i cedez, dar fiindcă eu n-am vrut, m-a legat de patul din cameră și mi-a

cerut să încetez cu prefăcătoria. Mi-a mai spus că nimeni altcineva nu mă va atinge după ce voi fi a lui și că îi aparțin. După aceea a început să mă sărute din nou și să-și plimbe mâinile pe corpul meu, deși l-am implorat să mă lase în pace... M-a ignorat, mi-a rupt hainele de pe mine, iar eu plângeam întruna...

Atât de oribil! În clipele acelea am crezut că nu mă va auzi și nu mă va ajuta nimeni, iar el va reuși ceea ce-și propusese...

Jackye suspina și plângea încet, retrăind scena. El i-a șters lacrimile, simțindu-se neputincios, așa cum pățise și cu fratele lui, Deven...

— Ce s-a întâmplat apoi?

— Apoi... El s-a dus la baie și până să se întoarcă, am avut parte de intervenția salvatoare a Catherinei, care a năvălit pe ușă, a blocat ușa băii cu un scaun, m-a dezlegat repede și m-a scos de acolo. Am mers apoi cu mașina la ea acasă și așa s-a terminat totul. Se poate spune că s-a terminat cu bine, dar ceea ce am simțit până să vină Cathy a fost oribil și mă bântuie chiar și în prezent. A fost oribil să mă atingă, iar eu să nu îmi doresc asta și nici să mă pot apăra, oricât am încercat...

Jackye s-a ridicat, și-a luat genunchii în brațe și a privit în gol, parcă-și epuizase toate resursele. Dar a continuat pe același ton:

— Îi sunt recunoscătoare Catherinei în fiecare zi a vieții mele pentru ceea ce a făcut atunci pentru mine... De fapt, noi două suntem de mici ca două surori, iar sentimentul de prietenie care ne leagă este foarte intens...

A început să plângă ușor, ca după o mare durere care se consumase deja, fusese absorbită, digerată, eliberându-se de povara apăsătoare.

— Plângi. Plângi, iubito, plângi cât ai nevoie, eu sunt aici, lângă tine, a îmbrățișat-o Josh.

— Îți mulțumesc pentru că m-ai ascultat.

— Îmi pare rău că a trebuit să treci prin așa ceva, dar să nu-ți fie jenă, ai făcut tot ce ai putut, în plus, ai reușit să scapi de acel ticălos, ar trebui să-l uiți... De fapt, nu știu dacă ai cum. Cine este, poți să-mi spui? Avea un sentiment ciudat. Ceva nu se lega... E cineva cunoscut, de asta nu spui nimic?

— Dacă-ți spun, trebuie să îmi promiți că nu vei face nimic, chiar dacă nu-ți va plăcea ce vei auzi. Nu merită, asta e situația...

— Dacă tu vrei asta, bine...

— Royce. El a fost...

— Ascultă-mă bine, Jackye: tu nu ai de ce să te simți rușinată față de mine, ai înțeles? Cât despre nenorocitul ăla, voi face tot ce-mi stă în puteri ca să nu se mai apropie de tine niciodată.

A făcut o pauză, încercând să pară calm. Dar tremura de nervi.

— Cine mai știe despre asta?

— Doar eu și Cathy.

— Nu mai întreb de ce nu l-ai denunțat la poliție, ești încă minoră, n-ai împlinit douăzeci și unu de ani. Ar fi înfundat închisoarea, iar asta ar fi meritat-o din plin, ticălosul!

Dacă l-ar fi avut pe Royce în fața lui, n-ar fi ezitat să-l ia de gât.

— Voi împlini douăzeci și unu luna viitoare. N-am spus nimic fiindcă am vrut să evit un scandal din care aș fi ieșit mai rău decât aș fi intrat. Orașul ăsta e mic și n-am vrut ca lumea să spună că eu l-am provocat... De rușine, dar și din alte motive, am ținut totul pentru mine și am pus-o pe Cathy să-mi promită că nu va spune nimic, nimănui. Ți-am spus toate astea pentru c-am vrut să mă înțelegi, doar atât...

— Te înțeleg, dar nu e corect să scape așa, nepedepsit. După tot ce s-a întâmplat... te-ai mai întâlnit cu Royce?

— Nu, bineînțeles că nu. Am încheiat relația cu el imediat și i-am atras atenția să mă lase în pace. A încercat să mă convingă să reluăm relația. Dar de fiecare dată, când l-am întâlnit, am încercat să-l ignor, deși felul în care mă privea mă intimida.

Jackye vorbea calm. Se simțea mai liniștită, se simțea... protejată.

— Cât aș fi vrut să te fi întâlnit mai devreme, n-ai fi trecut prin toate astea!

A tras-o la pieptul lui, iar ea s-a cuibărit acolo, îmbrățișându-l. A realizat deodată cât de mult s-a atașat de ea, chiar dacă totul s-a petrecut într-un timp atât de scurt.

— În noaptea aceea, când ai avut coșmarul... ai visat toată tărășenia asta, nu-i așa?

— Da... Dar nu mai vreau să mă gândesc acum la asta, Josh. Vreau doar să îmi continui viața liniștită și să încerc să fiu fericită.

— Lasă-mă să am grijă de tine, Jackye. Știu că ai inima frântă și crezi că nu vei putea trece peste ceea ce ți s-a întâmplat, dar lasă-mă să te vindec, iubito. Îți promit că te vei vindeca. Îți voi arăta că viața poate fi și altfel: poate fi și frumoasă, și plină de bucurii. Lasă-mă să-ți fiu alături, Jackye.

Vorbele lui o înfiorau și o bucura în același timp. S-a desprins din îmbrățișare și l-a privit așa cum n-o mai făcuse până atunci.

— Nimeni nu mi-a mai spus astfel de lucruri, nimeni nu m-a făcut să mă simt așa cum o faci tu: frumoasă și importantă.

— Atunci lasă-mă să fiu eu cel care ți le spune, fiindcă așa ești, iubito: frumoasă și importantă.

Deși nu ne cunoaștem de mult timp, ai intrat în mintea și în inima mea și nu te mai pot scoate de acolo. Și dacă tot e momentul adevărului, trebuie să-ți mărturisesc și eu ceva în legătură cu Royce.

Făcu iar o pauză, gândindu-se un moment la toate trăirile din această seară.

— Eu nu am fost singurul copil al familiei, Jackye.

— Oh, n-am știut... Ai un frate sau o soră?

Se uită încântată la el, dar surâsul i-a pierit când i-a văzut expresia îndurerată.

— Am avut... La șaisprezece ani am plecat cu fratele meu Deven și cu Royce, care pe atunci era și el prietenul meu, să explorăm un loc pe care-l descoperisem din întâmplare. O ravenă care nu ni s-a părut periculoasă. Am urcat pe marginea ei și am explorat-o ore întregi. Chiar înainte să ne întoarcem, într-un moment de neatenție, fratele meu a alunecat în prăpastie. Pentru un moment l-am prins și am încercat să-l trag înapoi, dar nu l-am putut ține. A căzut în gol vreo zece metri. M-a strigat chiar înainte să atingă pământul. Apoi am auzit bufnitura. În tot timpul ăsta, Royce a stat rezemat de un copac și s-a uitat la noi, deși l-am strigat să mă ajute. Râdea. Ăsta e marele meu secret, Jackye... acum știi totul. Mama mea, care ne-a părăsit după acel accident nenorocit, m-a

considerat vinovat. Josh și-a șters cu furie lacrimile care amenințau să-i curgă pe obraji. M-a scos pe mine vinovat...

Jackye a ascultat povestea cu ochii în lacrimi. Drama lui îi aducea aminte de drama ei. Cine nu-l cunoștea sau îl cunoștea superficial, ar fi crezut că viața lui era doar lapte și miere. Niciun moment Josh nu lăsa să se întrevadă suferința. Deși extrem de marcat, era un bărbat atât de echilibrat și puternic! I-a luat mâna și i-a sărutat-o.

— Îmi pare tare rău, orice aș spune eu este de prisos. Poate că asta este viața uneori: o luptă din care trebuie să găsim soluția pentru a ieși învingători. Ni s-au întâmplat lucruri dureroase, dar cumva trebuie să continuăm să trăim, în primul rând pentru noi, iar apoi pentru cei dragi nouă.

— Știu toate astea, dar e greu... Și acum mi-e dor de el. L-am iubit foarte mult, ne-am înțeles foarte bine, dar l-am pierdut din vina mea...

Durerea pe care o arăta ea nu i-o mai văzuse până atunci.

— Nu e vina ta, Josh, nu-ți face asta, nu e corect! Așa a fost să fie, pur și simplu. Uneori, lucrurile se întâmplă și atât, iar noi nu avem puterea să le oprim sau să ne împotrivim.

L-a îmbrățișat strâns și i-a simțit zbuciumul interior. Au plâns împreună, uniți de tristețea

pe care o retrăiau. Și-au șters lacrimile unul altuia, și-au alinat reciproc durerea. Au adormit îmbrățișați.

Jackye s-a trezit devreme. S-a ridicat din pat, atentă să nu facă zgomot, s-a îmbrăcat, și-a luat, geanta și, după ce l-a mai privit o dată, a ieșit pe ușă.

Când s-a trezit, Josh s-a încruntat văzând că Jackye nu e în pat, lângă el. A făcut un duș, a luat micul dejun pe fugă, tot gândindu-se unde ar fi putut să plece Jackye cu noaptea în cap.

Ajunsă acasă, Jackye s-a apucat să facă curățenie. Munca fizică o ajuta să-și adune gândurile și o făceau să uite din problemele ei. Încercă să nu se mai gândească într-una Josh, dar asta era tot mai greu, fiindcă el era prezent mai mereu în sufletul ei. Și-a verificat corespondența și a văzut un plic anonim. L-a deschis și l-a citit cu atenție:

Pentru o iubită trădătoare,

Chiar crezi că ești singura femeie din viața lui Josh Collins?

Nu ești decât un nume pe lista lui de cuceriri, iar când se va sătura de tine, te va alunga la fel cum a făcut și cu celelalte femei care i-au trecut prin pat.

Mai bine te-ai întoarce la mine, eu sunt singurul bărbat cu adevărat potrivit pentru tine. Dacă nu faci asta, lui Josh i se va întâmpla ceva mult mai grav decât un simplu accident de mașină...

Abia aștept să te simt ca atunci...

Te sărut cu pasiune,

Royce.

Jackye a citit și a recitit biletul acela până i s-a făcut greață. Nu avea în minte decât o soluție: să meargă la poliție. Nu avea de gând să îl lase pe Royce să-i distrugă liniștea și nici să-i facă vreun rău lui Josh, chiar dacă el era un cuceritor și poate că totul avea să se încheie atunci când contractul dintre ei expira. Atașamentul special pe care îl simțea pentru el o făcea să își dorească să-l protejeze. Soneria de la ușă o făcuse să revină la realitate.

— Imediat! strigă ea cu gândurile aiurea și merse să deschidă.

În prag se afla nimeni altul decât Josh, cu o mină serioasă și neliniștită.

— Bună!

— Bună, Josh. Intră, te rog. Ia loc, tocmai făceam curățenie.

A luat-o în brațe și a sărutat-o flămând, mai dornic ca oricând. Jackye îi putea simți dorința și masculinitatea în timp ce buzele ei erau prinse în dulcea lui tortură.

— Acum putem vorbi, îi spuse el abia respirând, desprinzându-se cu greu de buzele ei.

Brațele lui o înlănțuiau posesiv, de parcă nu ar fi vrut să îi mai dea drumul vreodată. Jackye se pierduse în ochii lui frumoși, realizând cât de mult însemna pentru ea, deși încercase din răsputeri să-i reziste.

— Despre ce?

— Ai putea începe prin a-mi spune de ce ai plecat așa dimineață? Nici nu m-ai trezit să-ți iei rămas bun, măcar.

— Eu... Tu dormeai, iar eu n-am vrut să te trezesc. Am venit acasă fiindcă n-am mai trecut de ceva timp pe aici. Tocmai am terminat de făcut curățenie.

— Drăguță casă... Ai idee ce-am simțit când m-am trezit și am văzut că nu erai lângă mine? Pe lângă faptul că mi-am făcut griji, m-am gândit apoi la tot felul de lucruri, care mai de care mai ciudate, mai ales că nu ai lăsat niciun bilet, niciun mesaj. Am întrebat-o pe Martha dacă te-a văzut și când mi-a zis că nu, am crezut că s-a întâmplat ceva grav...

— Josh, puteai să mă suni... N-am crezut că scurta mea ieșire te va alerta atât, doar nu suntem legați unul de altul și în niciun caz iubiți.

Se abținea cu greu să-i sară în brațe și încerca să fie neutră, deși inima îi bătea nebunește.

— M-am gândit să te surprind și să vin direct, să mă lămuresc. Și în caz că ai uitat, suntem legați, Jackye. Ne leagă acel contract, despre care se pare că ai uitat și în care scrie clar că trebuie să stai lângă mine timp de o lună. Permanent. Dacă mă gândesc bine, din această lună a mai rămas o săptămână și am de gând să te fac să respecți ceea ce scrie acolo.

— Așadar, doar contractul te-a adus aici? N-am plecat, doar ai văzut că bagajele mele sunt tot acolo, la tine, am vrut doar să mai trec pe acasă.

Jackye trăia în acel moment sentimente contradictorii.

— Bine, fie, recunosc: nu sunt aici din cauza contractului. Sunt aici fiindcă așa simt și fiindcă asta îmi doresc: să fiu cu tine, să fii iubita mea, Jackye. Am început să simt ceva pentru tine încă din momentul în care ai apărut atât de curajoasă în pragul casei mele, cerându-mi acel interviu.

— Nu pot să cred... e imposibil: Josh Collins să fie atras de mine, o jurnalistă și, în același timp, o femeie atât de simplă? l-a tachinat ea.

— Ai face bine să crezi. Nici mie nu mi-a fost ușor să recunosc, dar te plac... te plac foarte mult... Și ești o femeie simplă, dar frumoasă, și nu te-aș schimba pentru nimic în lume. Ce zici, accepți să fii iubita mea?

— Și cum rămâne cu interviul?

Nu-i venea să creadă ce i se întâmplă.

— Rămâne așa cum am stabilit. Lasă asta acum, răspunde-mi la întrebare.

O trase mai aproape și o lipi de el.

— Dacă promiți că nu-mi vei frânge inima, accept. Știi cât de important e pentru mine, nu?

— Da, știu. Aș face o prostie dacă te-aș pierde și nu vreau să se întâmple asta, mai ales că Erin așteaptă... râse el, aducându-și aminte de remarca prietenului său.

— Erin nu mai așteaptă, e ocupat cu Cathy, intră și Jackye în joc.

Se apropie de buzele ei, adulmecându-le.

— Aștept, iubito. Vezi? Deja am experiență: îți spun astfel de ceva vreme, dar niciodată n-ai fost convinsă că o fac din toată inima.

Jackye avu un moment de ezitare.

— Bine, vreau să fiu iubita ta...

— De ce am impresia că urmează un *dar*?

— Pentru că impresia ta e reală, urmează un *dar*... Vreau să mă lași un timp, ca să mă obișnuiesc cu asta, cu noi, cu tot ce se întâmplă... Înțelegi la ce mă refer? Nu vreau să ai anumite așteptări de la mine chiar acum... îi spuse asta roșind.

— Am înțeles, iubito, dar și tu trebuie să înțelegi că eu nu sunt... Eu nu sunt Royce și nu voi fi niciodată ca el. Tot ce voi face va fi să te conving zi

de zi de asta și să te sărut cât de mult pot, fiindcă oricum nu mă pot sătura să fac asta cu tine, iar când vom face dragoste, voi avea grijă să fiu singura persoană la care te vei gândi, știi asta, nu-i așa? Ai încredere în mine?

— Da, Josh, am încredere în tine... În ciuda tuturor prejudecăților mele în ceea ce te privește, m-ai făcut să am încredere în tine și să îmi doresc...

— Să îți dorești ce?

Era la doar câțiva centimetri de buzele ei, iar mângâierea lui de pe spate era răscolitoare. Părea totul un vis...

— Să îmi doresc să mă săruți...

Josh puse, avid, stăpânire pe buzele ei. L-a întrerupt bipăitul telefonului. S-a desprins, a scos mobilul și l-a privit încruntat.

— E un mesaj de la detectivul care se ocupă de cazul meu, îmi scrie să venim amândoi la secție, are ceva important să ne spună.

— Josh... Și eu mai am ceva important să îți spun și să-i arăt detectivului... S-a ridicat și a adus hârtia pe care era mesajul lui Royce.

Asta am primit-o zilele trecute, e data pe plic, i-a întins ea biletul.

— Ce e? luă el hârtia și începu să citească. Cum?! A îndrăznit să te amenințe? Nenorocitul... Ah, dacă l-aș avea acum în fața mea... Hai să mergem la secție, să decidă ei.

S-au ridicat și au ieșit. Afară, Jackye avuse parte de o surpriză: în față era parcată Dark Passion, motocicleta care îi stârnea amintiri care o făceau să simtă fluturași în stomac.

— Mergem cu asta? sări ea bucuroasă.

— Dacă vrei, zâmbi Josh, știu că-ți place motocicleta mea.

— Așa e. Bineînțeles, doar din vina ta, se amuză Jackye.

— Atunci mă bucur, și o sărută, apoi îi puse casca de protecție. Asta e prima dată când merg cu motocicleta după accident.

Deveni serios dintr-o dată. Jackye l-a îmbrățișat, apoi s-a așezat pe locul din spate și l-a luat în brațe. Îi era atât de drag, iar acum putea să îl îmbrățișeze în voie, lucru care o făcea să se simtă în al nouălea cer.

— Ține-te bine, ajungem imediat!

Jackye l-a strâns și mai tare în brațe, simțindu-i corpul apetisant, zâmbind, știind că și el zâmbește.

Ajunși la secție, au fost invitați să intre în biroul detectivului Wallace.

— Domnișoară Rowen, domnule Collins, luați loc, vă rog, i-a invitat detectivul, așezându-se la rândul lui pe un scaun.

Detectivul era un bărbat masiv, de aproximativ patruzeci de ani, cu fire cărunte de păr, înfățișare dură și niște ochi ageri.

— Mulțumim, domnule detectiv. Spuneți-ne ce-ați descoperit.

— Am noutăți, nu dintre cele mai bune, dar cel puțin știm niște lucruri.

— Și care sunt acestea? a întrebat Jackye, având o presimțire neplăcută.

— Am aflat cine se face vinovat de accidentul dumneavoastră, domnule Collins. Este vorba despre Royce Monroe, pe care l-am dat în urmărire.

Detectivul făcu o pauză, încercând să potrivească vorbele, apoi o privi pe Jackye:

— Domnișoară Rowen, trebuie să vă spun și dumneavoastră ceva. Nu e deloc ușor, dar trebuie să fiți puternică: Royce Monroe e vinovat și de moartea părinților dumneavoastră. Trebuie să aveți mare grijă, sunteți principalii martori în aceste cazuri și va trebui să depuneți mărturie imediat ce-l vom găsi.

— Nu se poate! exclamă Jackye, abia abținându-se ca să nu plângă. Cum e posibil? Pilotul care a făcut accidentul a fost găsit vinovat și condamnat. Iar Royce... El nu era în cursă atunci.

— Se pare că lucrurile n-au stat chiar așa. Nu conducea pilotul, ci copilotul, care era chiar

fugarul nostru. Schimbaseră locurile mai devreme. L-a amenințat pe pilot cu moartea, i-a amenințat apoi toată familia. Așa că el a fost nevoit să-și recunoască o vină închipuită.

Căută în poșetă și-i întinse detectivului scrisoarea primită. Am asta pentru dumneavoastră, am găsit-o de dimineață, dar e sosită de câteva zile.

Detectivul a luat scrisoarea și a citit-o. Apoi a pus-o cu grijă pe birou.

— Ați făcut bine că mi-ați adus-o, o vom adăuga la probe.

Se ridicară cu toții în picioare.

— Dacă asta a fost tot, noi plecăm.

Detectivul a încuviințat din cap și i-a salutat. Josh, a luat-o de mână pe Jackye și au ieșit împreună din birou. Ajunși în fața motocicletei, Josh s-a oprit și s-a întors spre ea.

— Este adevărat ce a spus detectivul?

— Da... S-a întâmplat acum patru ani, eram la o cursă de mașini și stăteam pe margine, știi tu, pe tronsonul ăla unde stau spectatorii. Un pilot de curse a dat cu mașina peste ei. Au murit pe loc. Tot timpul l-am făcut vinovat pe omul ăla, dar niciun moment nu m-am întrebat cine mai fusese în mașină. Royce chiar m-a consolat atunci. Nu pot să cred că am ajuns chiar să am sentimente pentru el, ucigașul părinților mei...

— Și pe tine cine te-a salvat? a întrebat Josh, simțind adrenalina curgându-i prin vene.

— Părinții Catherinei, care erau cu noi atunci. Ei m-au tras din calea mașinii, iar de atunci au avut grijă permanent de mine, ca și cum aș fi fost fata lor. Acum, că știi toate astea, îți mai dorești să fiu iubita ta?

— Ce tot spui? Amândoi avem niște povești de viață complicate, dar asta nu înseamnă că... Te vreau lângă mine mai mult decât pot să-ți spun în cuvinte. Și îmi pare tare rău pentru toate lucrurile urâte care ți s-au întâmplat, dar voi încerca să te fac să vezi că viața poate fi și altfel.

— Deja ai început să faci asta și nu pot decât să mă bucur, Josh, iubitule...

Îl privea cu recunoștință, dar și cu drag. Se țineau de mână și parcă toată viața fuseseră împreună. Îi plăcea privirea lui caldă, zâmbetul lui cuceritor, felul lui irezistibil de a fi, dar și modul în care o făcea să accepte lucrurile. În sfârșit, putea recunoaște chiar și față de sine însăși că îl plăcea pe Josh Collins cu totul, exact așa cum era.

— Îmi place cum sună *iubitule* atunci când mi-o spui tu, Jackye. Hai să mergem la o plimbare, nu vreau să te duc direct acasă, vreau să uităm de toate și să fim doar noi doi.

Au mers în parc, apoi la un film, au mâncat în oraș și au luat o înghețată. Chiar dacă începuse

cum începuse, ziua se încheia perfect pentru ei. Au ajuns acasă târziu, roșii de oboseală, dar fericiți. Stăteau îmbrățișați în pragul terasei și se sărutau.

— Îți mulțumesc pentru toate momentele astea minunate, Josh,

— Mă bucur că suntem împreună pe bune, într-un sfârșit... A sărutat-o din nou pofticios, simțind acea dorință devoratoare care nu-i dădea pace de ceva vreme.

— Poate să ne vadă cineva... articulă ea printre săruturi, încercând să-l mai tempereze, dar rezistența se topea cu fiecare sărut, privire și îmbrățișare pe care el i le oferea.

— Nu-mi pasă, vreau doar să te sărut și să nu mă mai opresc. Am ajuns la concluzia că asta îmi place să fac cel mai mult: să te sărut... Tot mai mult...

A luat-o în brațe și a continuat să o sărute. S-a așezat pe un scaun, ținând-o lipită de el.

— Ești atât de dulce, iubito, știi asta, nu? Vreau doar să-mi dai voie să te sărut până când nu vom mai avea aer... Abia atunci să ne oprim, dar doar pentru câteva secunde, să inspirăm o dată, pentru ca apoi să continuăm să facem asta.

Dorința clocotea în amândoi ca o lavă proaspăt eruptă din vulcan. Se abandonară unul altuia într-un sărut și mai pasional.

— Josh... ești foarte convingător, dar nu putem, nu aici...

— Doar unul, încă un sărut, apoi plecăm de aici, doar dacă îmi spui că-ți place cum te sărut.

Pielea ei fină îl făcea să o dorească și mai mult.

— Bine, îmi place... Hai să mergem, afară e atât de frumos! Am putea face plajă.

— Asta vom face, dar spune-mi ce-ți place, n-am înțeles...

— Ești imposibil uneori... Bine, îmi place să mă săruți, acum hai să mergem până nu ne prinde cineva aici...

— Mă bucur, Jackye, asta și vreau: să îți placă totul cu mine.

Ușa de la intrare s-a deschis dintr-o dată.

— Gill, trebuie să vorbim, cum le vom spune copiilor că noi doi... mai apucă să spună Martha înainte să-i vadă pe cei doi îmbrățișați, sărutându-se.

Jackye a sărit în picioare. Era mai roșie la față decât tricoul pe care îl purta.

— Martha... spuse Josh vizibil încurcat, dar cu zâmbetul pe buze. Noi tocmai... te căutam și tu nu erai nicăieri...

Jackye s-a așezat lângă geam, în capătul celălalt al bucătăriei. Încerca să-și tempereze respirația și își aranja de zor părul și hainele.

— Uite că m-ați găsit. De fapt, și eu te căutam, Josh. Eu și Gill avem ceva important să vă spunem.

Gill a apărut în bucătărie. Părea mai pierdut decât ei toți.

— Am pierdut ceva important? glumi el.

— Nu, tată, n-ai pierdut nimic. Ce s-a întâmplat, Martha? Spune-mi că nu s-a întâmplat nimic grav.

Încă simțea efectul clipelor fierbinți de mai devreme.

— Nu e nimic grav, stai liniștit, ezită el o secundă. Dar adevărul este că... Josh, nu știm cum vei lua asta, dar sper să ai maturitatea de a nu ne judeca.

— Ce se întâmplă? Azi e ziua misterelor dezlegate, se pare...

— Se întâmplă faptul că eu și Martha suntem împreună și sper să respecți decizia noastră, spuse Gill dintr-o suflare.

Jackye privea uimită la toată scena, dar Josh era cel mai contrariat. Găsi într-un târziu puterea să vorbească:

— Ce pot să spun, este... este minunat, tată. Prin câte am trecut azi, puteați și voi să nu-mi dați alte emoții cu suspansul ăsta. Nici nu știi ce mă bucur, nu puteai găsi o femeie mai potrivită decât Martha.

S-a ridicat de pe scaun și i-a îmbrățișat pe amândoi. Îi iubea la fel de mult și îi respecta așijderea.

— Te iubim mult, fiule, să nu uiți asta, spuse Gill emoționat și sufocat de îmbrățișare.

— Știu, tată, și eu pe voi. Pe amândoi!

Atmosfera s-a înveselit dintr-o dată.

— Hai să mergem pe terasă, vă aduc eu acum o limonadă. Se pare că mai sunt și alții încălziți de evenimente, îi făcu ea cu ochiul Jackyei.

Felicitări, Gill! îndrăzni și ea. Felicitări, Martha, mă bucur tare mult pentru voi!

— Dar voi, porumbeilor, cum sunteți? Azi ați fost plecați toată ziua.

— Suntem bine, am avut mai multe treburi, evită Josh să spună adevărul și se lipi și mai mult de Jackye.

— Drăguțo, sper că fiul meu se comportă bine cu tine. Mai știi că ți-am spus de la început, poate fi și amabil dacă ajungi să-l cunoști. Sunteți o pereche atât de frumoasă.

— Așa este, ai avut dreptate, Josh e... un drăguț, chicoti ea. Iubitul ei o privea cu ochi mici, ademenitori, iar privirea asta îi provoca fiori pe șira spinării. L-ar fi sărutat chiar atunci, în fața tuturor, dar nu făcu decât să roșească puțin la gândul că-și dorise asta atât de mult.

— Noi plecăm să ne odihnim, se ridică Gill de la masă. Hai, Martha, să-i lăsăm și pe ei singuri, poate au nevoie să-și mai vorbească, le făcu el cu ochiul. Martha s-a ridicat și a plecat pe urmele lui.

— Noi ce facem? a întrebat Josh cu subînțeles, luând-o pe Jackye de mână. Ne odihnim?

— Plajă, asta am zis că facem, zise ea repede. Mă duc să mă schimb și revin imediat.

Dar Josh a tras-o spre el și a sărutat-o, făcând ca dorința din ei să crească și mai mult.

— Vin și cu tine să mă schimb. A luat-o în brațe și, în ciuda protestelor, a dus-o până în cameră.

— Lasă-mă jos odată, nu sunt ușoară ca o pană, să mă duci în brațe.

Îi plăcea senzația pe care o simțea în brațele lui.

— Ba da, ești ușoară ca un fulg. Nu te mai feri atât de mine, nu am de gând să te las să tot faci asta, iubito, îi zise el sărutând-o din nou.

Jackye și-a pus pe ea costumul de baie, apoi a legat o eșarfă în jurul taliei, pe post de fustiță. Josh a rămas mut.

Ai văzut o fantomă, cumva? l-a tachinat ea.

— Bineînțeles că nu, dar nu te-am mai văzut așa. Ești foarte frumoasă, Jackye. Privirea lui

parcă s-a lipit pe corpul ei. O ardea. Și-a acoperit instinctiv sânii cu mâinile și a roșit.

— Mulțumesc, Josh, și tu ești foarte frumos, dar nu mă mai privi așa...

— Atrăgătoare de-a dreptul. Și foarte sexy, să știi. Și nu pot să te privesc altfel, ce vrei? Sunt fermecat de tine.

A luat-o de mână și-au mers la piscina din grădină. Josh s-a aruncat direct în apă.

— Vino, apa e grozavă!

— Vin, stai să mă obișnuiesc mai întâi.

Într-adevăr, apa era minunată. Erau ca doi copii, bucurându-se de soare, de căldură... S-au stropit și au înotat, s-au întrecut. Prezența lui era revigorantă, iar sentimentele creșteau cu fiecare clipă. Josh a luat-o la un moment dat în brațe și a lipit-o de el. Pielea udă, alunecoasă, i-a înfiorat pe amândoi.

— Sărută-mă, te rog, îi ceru el.

Și Jackye l-a sărutat. Întâi gura, apoi vânătăile de pe piept. În sfârșit, putea să îl sărute fără nicio opreliște și să-i transmită și astfel cât de mult ajunse să însemne pentru ea.

— Ești foarte frumos, dar bănuiesc că ți s-a mai spus asta, zise ea gândindu-se la femeile care au avut privilegiul de a-l simți lângă ele.

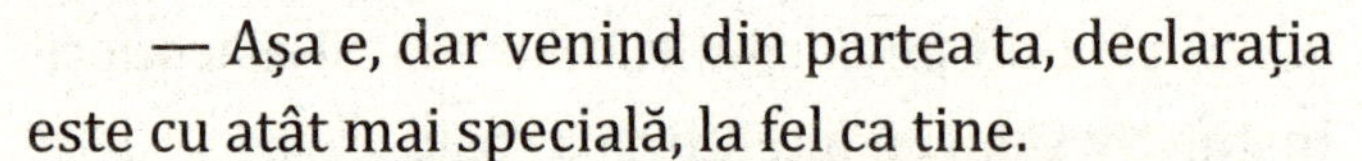

— Așa e, dar venind din partea ta, declarația este cu atât mai specială, la fel ca tine.

Se apropie de buzele ei ademenitoare și roșii.

— Pot să te sărut și eu la fel cum ai făcut-o tu cu mine, mai devreme?

Știa deja răspunsul, dar o tachina.

— Știi ceva? Poți, numai să nu... și-a adunat ea curajul. Ceea ce i-a propus el era ceea ce își dorea în acele clipe, și nu voia să stea prea mult să se gândească la tot, voia doar să simtă, să trăiască cu adevărat.

Josh a înțeles perfect la ce se referea și a sărutat-o cu tandrețe, dar și cu dorință. Pielea ei era catifelată și buzele lui stârneau dorința în ea, dorință pe care, până a-l cunoaște, nu credea că e posibil să o simtă. A închis ochii, lăsându-se în voia lui, apoi i-a luat chipul în palme și l-a sărutat și ea cu patos, surprinzându-l plăcut pe Josh, care i-a răspuns cu aceeași determinare, bucurându-se de ea și de felul în care se simțeau unul pe altul...

La un moment dat, el s-a oprit.

— Ce s-a întâmplat? Era atât de bine...

— Aveam nevoie și de aer, iubito. Ceea ce facem e atât de intens, iar eu nu vreau să te grăbesc, vreau să fie perfect, Jackye, și nu e momentul chiar acum pentru ce se întâmplă. Nu vreau să facem ceva care să regreți mai apoi, nu mi-aș ierta-o.

— Ai dreptate, nu știu unde mi-a fost capul...

— Te gândeai la noi, te-ai lăsat dusă de val și nu e nimic rău în asta, doar că e mai bine să mai așteptăm puțin. Nu cumva să te gândești că nu te doresc, iubito, fiindcă te doresc mai mult decât pot să-ți spun, dar vreau ca prima oară când voi face dragoste cu tine să fie perfect. Simplu și perfect, îi zise el strecurându-și mâna pe spatele ei, între sutien și piele, neputându-se abține. Cât de curând te voi simți așa cum îmi doresc, iar atunci va fi totul exact așa cum trebuie să fie. Fac asta pentru tine, iubito, fiindcă e puțin cam devreme. Dacă era după mine...

Josh i-a zâmbit cum numai el știa s-o facă, iar Jackye i-a răspuns recunoscătoare. Dar îi putea simți dorința, nu numai din privirea lui, atunci când o sărutase din nou, mângâindu-i spatele gol și simțind-o atât de aproape de el, de corpul lui, de inima lui...

După alte câteva minute bune de sărutări fierbinți, care păreau nesfârșite, Josh a luat-o în brațe și a dus-o pe pătură.

— Acum ne vom bronza. Apoi și-a adus aminte de ceva și a căutat prin hainele aruncate pe jos Am uitat ceva...

— Ce? l-a întrebat ea suspicioasă.

— Liniștește-te, nu e ceea ce crezi. Mă refeream la loțiunea pentru plajă, îi flutură el sticla. Hai, întinde-te, relaxează-te și lasă-mă să te dau cu asta, nu vrem să ne ardă soarele.

Jackye a oftat adânc atunci când i-a simțit mâinile blânde, dar experte, pe spatele ei. Îi plăcea să-i simtă mângâierile, sărutările, să îl simtă cu totul lângă ea, doar al ei. Iar acum îi plăcea și asta.

— Gata, i-a spus el, e rândul tău acum.

Josh s-a întins pe burtă și a așteptat să-i simtă mângâierea, dar nimic nu l-a pregătit pentru senzația explozivă pe care a simțit-o atunci când palmele ei i s-au plimbat de-a lungul spatelui, ungându-l și masându-l. Era atât de stârnit și o dorea tot mai mult cu fiecare clipă care trecea.

Au stat până seara, iar după cină și duș, au adormit îmbrățișați și fericiți.

A doua zi, Josh o trezit-o tot cu un sărut. Abia aștepta să o trezească altfel, făcând dragoste, iar seara să adoarmă tot așa.

— Bună dimineața, iubito, cum ai dormit?

Chipul ei frumos îl urmărise și-n vis.

— Minunat, îi răspunse Jackye veselă. Era fericită fiindcă el era prima persoană pe care o vedea de dimineață, iar sărutul lui îi promitea o nouă viață, o viață fericită, alături de el.

— Haide să mâncăm sau s-ar putea să te devorez pe tine.

— Să mergem atunci, cine știe, de mine poate mai ai nevoie, răspunse ea ghidușă.

Au luat micul dejun, apoi Josh și-a luat încruntat telefonul și a ieșit din bucătărie.

A privit nedumerită în urma lui. Se întâmpla ceva și abia aștepta să afle ce anume. Josh s-a întors și s-a așezat din nou la masă, preocupat.

— Ce este, nu mă mai fierbe!

— Mâine trebuie să mergem să depunem mărturie în cazurile noastre. Detectivul Wallace m-a sunat și mi-a spus că l-au găsit pe Royce.

Ochii ei s-au întunecat dintr-o dată.

— Asta vom face. Trebuie și merită să plătească pentru faptele lui.

— Va fi bine, totul va fi bine, iubito, vino aici, o apucă el după umeri și o îmbrățișă.

— Este atât de bine când mă ții în brațe! Tare mi-am dorit să mă simt astfel alături de bărbatul pe care... la care țin, zise Jackye evitând să spună cuvintele magice.

— Și cum e, așa cum te așteptai?

— E așa cum trebuie să fie și îți mulțumesc pentru toate astea... Mă faci să mă simt apreciată, dorită și specială.

— Și tu mă faci să mă simt la fel.

A sărutat-o apoi dulce și pasional.

— Sunt alături de tine, iubito, nu ești singură, să nu uiți!

— Știu și îți mulțumesc, răspunse Jackye emoționată.

— Îmi place să fiu cu tine.

— Și mie, Josh. Știi, trebuie să mergem la Cathy mai târziu, e ziua ei azi.

— Minunat! Să trecem să-i luăm un cadou.

S-au întâlnit mai târziu cu toții acasă la Cathy. Erau acolo toți noii ei prieteni. Cathy a suflat în lumânări și au mâncat tort.

— Vă mulțumesc tuturor fiindcă sunteți alături de mine în această zi specială, le-a spus ea emoționată.

Au plecat cu toții spre seară. Doar Erin a rămas, urmând să-și petreacă noaptea acolo.

Acasă, Jackye și Josh s-au uitat la un film. Era multă acțiune, dar Josh era mai interesat mai degrabă de acțiunea de lângă el și de femeia de alături, pe care o săruta cât de des avea ocazia.

— Josh, încetează, așa nu mai vedem niciun film!

— Nu contează, ești mult mai interesantă decât el. A întins-o pe pat și a început din nou să o sărute, simțind că oricât ar gusta din ea, tot nu s-ar sătura.

— Ești fericită cu mine, iubito? a întrebat-o la un moment dat. Apropierea trupului ei de al lui îi dădea o stare de care nu mai reușea să se elibereze.

— Da, mă faci fericită, iar asta e tot ce contează.

Magia ochilor lui o cucerea tot mai mult, iar corpul lui lipit de al ei îi dădea senzații noi, dulci, necunoscute până atunci, până la el... Josh a privit-o zâmbitor, după care a sărutat-o din nou, explorându-i buzele, apoi coborâse lacom, lăsând urme roz pe gâtul ei, în timp ce ea își plimba mâinile în părul lui, răvășindu-l. I-a dat breteaua rochiei mai jos, sărutând-o și pe umăr, în timp ce mâinile lui îi mângâiau abdomenul, urcând încet pe corpul ei. S-a oprit imediat, cerându-i acordul din priviri, după care, în timp ce o săruta, i-a luat sânii frumoși în palme, mângâindu-i delicat.

— Ești tare frumoasă, ești dulce și mă înnebunești, știi asta, nu-i așa?

— Da... și tu ești la fel și reușești să mă faci să...

— Să ce? Spune-mi, ce reușesc să-ți fac?

— Reușești să mă faci să nu-mi fie teamă de tine, de atingerile tale, iar asta e foarte important pentru mine.

— Asta și vreau, să nu-ți fie nici teamă, nici jenă de mine. Vreau să fii tu însăți și să te simți liberă și fericită alături de mine.

A așezat-o alături, a îmbrățișat-o, a luat-o de mână și i-a urat noapte bună. Apoi s-a răzgândit și și-a așezat palmele pe sânii ei, care se potriveau atât de bine în mâinile lui.

— Lasă-mă să stau așa, ești frumoasă și îmi place atât de mult să te ating, să-i simt...

— Bine... atunci, noapte bună!

Au adormit îmbrățișați și fericiți.

Ziua următoare au mers cu toții la procesul intentat împotriva lui Royce. Condamnarea a fost dură, închisoare pe viață pentru acuzațiile de tentativă de viol, omor în cazul părinților Jackyei, tentativă de omor asupra lui Josh și autor moral al morții lui Deven, fratele lui Josh. Înainte să părăsească sala de judecată, Royce le-a aruncat o privire plină de ură mistuitoare.

— Gata, s-a terminat, acum ne putem vedea liniștiți de viețile noastre.

— Ai dreptate, îți mulțumesc încă o dată pentru că ești alături de mine.

— N-aș putea fi în altă parte, Jackye. Și eu mă bucur că ești alături de mine.

Se priveau cu drag, simțind cât de multă nevoie aveau unul de celălalt în viața lor. Layla i-a luat pe sus:

— Acum, că s-a terminat totul, haideți să mergem în oraș, avem multe motive de sărbătorit.

— Ai dreptate, aprobă Josh bucuros, haideți cu toții! Fac cinste!

Mai târziu, acasă, cei doi le-au povestit lui Gill și Marthei despre proces și despre toate problemele create de Royce de-a lungul vremii. Pedeapsa cu închisoare pe viață era prea puțin din ce-ar fi meritat. Josh a menționat doar de celelalte capete de acuzare, omițând totuși pe cel care o afecta direct pe Jackye.

Seara, înainte de culcare, a luat-o în brațe. A sărutat-o cu pasiune, vrând parcă să fie sigur că ea era lângă el.

— Vreau să te simt mai mult, doar puțin mai mult decât până acum...

Jackye a tras aer în piept făcându-și curaj și s-a lăsat în voia sărutărilor lui ademenitoare, care i-au atins buzele, gâtul, umerii, apoi sânii. I-a coborât încet cămașa de noapte, ca să n-o sperie, zâmbind la vederea sânilor ei frumoși, pe care i-a mângâiat și i-a sărutat minute în șir, simțind că nu se mai satură, savurând sunetele de plăcere pe care le scotea ea. Minute bune a durat tot acest joc pasional, după care cei doi au adormit îmbrățișați.

Era sâmbătă, o zi specială. Azi era nunta Laylei și a lui Shawn. Au mers la ceremonie pe motoare. Chiar și mirii au venit pe motocicleta lor, pe care o declaraseră motocicletă matrimonială. Erau mai fericiți ca niciodată.

Ceremonia a avut loc în curtea interioară a castelului din zonă, o construcție impunătoare și foarte veche. Flori de toate culorile și dimensiunile umpleau spațiul generos al castelului, încântând invitații cu aroma lor suavă. Mireasa avea o spectaculoasă rochie, arăta exact ca o prințesă, iar mirele purta un costum albastru, o culoare care era în ton cu caracterul lui nonconformist. Când preotul le-a cerut să se sărute ca să consfințească uniunea, aceștia s-au privit mai întâi cu o emoție nesfârșită, apoi s-au sărutat ca și când se termina lumea în aplauzele și uralele invitaților.

— Dansezi cu mine, Jackye? a întrebat-o Josh, întinzându-i ceremonios mâna.

— Desigur, prințul meu!

I-a zâmbit și l-a urmat pe ringul de dans.

— Ești frumoasă, știi asta? a privit-o fermecat.

— Mulțumesc, știu pentru că mi-o tot spui, dar și tu ești frumos, i-a șoptit Jackye, fascinată cu totul de el.

Nu avusese până atunci idee cât era de bine să creadă în cineva așa cum credea în Josh, în

dragostea lor, dar acum își dorea s-o facă. Voia să riște, să trăiască, să fie fericită.

Și el o simțea altfel, știa că-i desfăcuse câteva rânduri de platoșe și se bucura de bucuria și fericirea ei, dar și ale lui. Era atât de frumoasă în rochia cea roșie, lungă, cu bretele subțiri... Josh abia aștepta să o sărute din nou și din nou, pe îndelete.

— Ce se întâmplă? îl trezi ea din reverie.

— Ce e?

— Mă privești atât de...

— Nu te înșeli, te privesc așa cum sunt și eu: dornic de tine, de sărutările tale dulci și ademenitoare, din care simt că nu pot să mai scap; ești ca o tentație de care nu pot și nu vreau să mă eliberez.

Vocea-i era joasă și își mușcă buza din reflex.

— Știi ce? Și tu ești o tentație pentru mine, cea mai puternică tentație din viața mea. Aproape că te simt sărutându-mă, deși nu o faci efectiv, a adăugat ea, mângâindu-i ușor pieptul puternic, piept la care fi stat pentru totdeauna, dacă el ar fi fost de acord...

— Hmm... chiar fac asta, Jackye. Chiar te sărut din priviri. Vrei să știi unde te sărut acum? a provocat-o el, făcând aluzie la ceea ce se întâmplase între ei cu o seară în urmă.

— Mai bine nu... îl potoli ea cu un zâmbet, dar coborî privirea spre abdomenul lui, știind că el îi analizează fiecare gest.

— Ești atât de dulce și inocentă, iubito. Ești adorabilă și mă bucur că ești a mea, i-a zis Josh, iar Jackye a simțit emoționată sentimentul de posesivitate din cuvintele lui.

— Și eu mă bucur, i-a răspuns Jackye zâmbindu-i și pierzându-se în privirea lui pătrunzătoare, simțind că picioarele i se topesc din cauza emoției resimțite în preajma lui.

— Mi-ar plăcea să te am mereu așa, lângă mine, în brațele mele și să nu te mai dezlipești de mine, i-a șoptit Josh la ureche.

— Nu credeam că poți fi atât de romantic, Josh Collins...

I-a pronunțat tot numele pentru a ascunde bucuria pe care a simțit-o auzindu-l vorbind astfel.

— Încă nu știi totul despre mine și de ce sunt capabil să fac pentru a-mi îndeplini obiectivele.

— Așa, deci... Și care este obiectivul tău?

— Tu, iubito!

Răspunsul simplu și la obiect a lăsat-o fără replică, dar a surprins-o plăcut.

Câteva ore mai târziu, când Layla a aruncat buchetul, cea care l-a prins a fost Jackye, spre

surprinderea ei. Jackye a observat privirea enigmatică a lui Josh când era cu buchetul în mână.

— Îți stă foarte bine așa, i-a spus el cu zâmbetul pe buze.

— Mulțumesc! a răspuns ea emoționată.

— Se pare că tu urmezi, a îmbrățișat-o și Cathy.

— Ce glumeață ești! Noi tocmai ce-am început să...

— Cum adică ați început să? Ce-ați început? Relația asta nu era doar de *formă*? întrebă Cathy ironică, aducându-i aminte de modul în care Jackye a descris relația lor la început.

— Da, așa a fost, dar de curând totul s-a schimbat... Josh mi-a propus să fiu iubita lui, pe bune...

Ochii trădau fericirea.

— Nu degeaba sunteți amândoi atât de radioși... Felicitări, draga mea, sunteți foarte frumoși împreună.

— Mulțumesc, dar se pare că și tu și Erin vă înțelegeți foarte bine.

— Așa este. Apariția lui Josh în viața ta mi-a făcut un bine și mie: Erin este un bărbat minunat și mă bucur că ne-am întâlnit.

După alte câteva ore de petrecere, Layla și Shawn au plecat în luna de miere, în Bahamas.

Mai târziu, ajunși acasă, au făcut un duș și s-au băgat în pat. Josh a ieșit de la duș doar cu un prosop în jurul taliei. S-a apropiat de Jackye, cuprinzându-i buzele cu buzele lui cercetătoare și doritoare. Era tot mai înfierbântat. Îi mângâia și-i săruta sânii frumoși, făcând-o să suspine de plăcere.

— Nu pot gândi când suntem așa... mă faci să iau foc!

Jackye era vrăjită de intensitatea dorinței lui. L-a mângâiat pe spate și pe piept. Plăcerea acelor momente îi învăluia pe amândoi. Acela era, oare, momentul lor unic și special, în care să se descopere unul pe celălalt până la capăt? Erau fermecați și dornici de mai mult, de tot mai mult...

Când mâna i-a atins coapsa, Jackye și-a împletit degetele cu ale lui.

— Sunt eu, iubito, și sunt aici, cu tine, nu-ți fie teamă, nu îți voi face rău niciodată, lasă-mă să te ating, să te simt, mă înnebunești de dorință, ai încredere în mine...

Îi vorbise cu blândețe. A sărutat-o din nou și mâinile lui îi explorau corpul gol, eliberat din strânsoarea halatului subțire.

Valuri de plăcere intensă au inundat-o pe Jackye în acele momente tulburătoare, simțind că

trăiește exact ce trebuie pentru inima și trupul ei, cu bărbatul potrivit...

Pielea lor înfierbântată, dar și săruturile pe cele mai sensibile zone ale corpului ei, făceau ca dorința să crească tot mai mult în amândoi.

Câteva minute mai târziu, Josh stătea complet gol lângă ea. Se simțea pregătită și atunci el a pătruns-o ușor, cu blândețe, reținându-și gesturile, mișcându-se încet, făcând totul pentru plăcerea ei. Bariera firavă a feminității ei fusese trecută, a umplut-o încet, încet și Jackye a început să se miște în ritmul lui, primindu-l în ea, în trupul și în inima ei, fiind cucerită de el pentru totdeauna.

Ritmul plăcerii pe care și-o ofereau unul altuia creștea tot mai mult cu fiecare minut, până ce, mult mai târziu, Josh a capitulat în fața plăcerii extreme oferite de trupurile lor înlănțuite în mrejele iubirii.

— Jackye... i-a șoptit Josh numele. Era încă în ea, și nu-i venea să părăsească locul acela primitor, doar al lui...

Fata își venea încet în simțiri, realizând ce făcuse, ce făcuseră amândoi.

— Ești... ești bine? își găsi cu greu cuvintele.

— N-am crezut că sunt înfometată, că pot simți foamea asta mistuioare până când te-am

simţit aşa... Da, sunt bine, sunt foarte bine fiindcă tu eşti cel care mă completează cu adevărat.

— Ce s-a întâmplat, ce-am făcut şi am simţit... e unic pentru mine, iubito, vreau să ştii asta. Te iubesc, Jackye Rowen, să nu ai vreo îndoială în privinţa sentimentelor mele.

S-a aşezat lângă ea, aducând-o în braţele lui puternice şi protectoare.

— Şi eu te iubesc, Josh, te iubesc aşa cum mi-am dorit mereu să iubesc, cu trupul şi din toată inima...

Îi oferi un sărut cald, plin de toată dragostea pe care o simţea.

— Mă bucur că spui asta, mă bucur c-am reuşit să te fac să te simţi cu adevărat împlinită. Au stat aşa mult timp, înlănţuiţi, fără să mai spună nimic niciunul. S-au sărutat, au făcut dragoste din nou şi au adormit unul în braţele celuilalt, convins fiecare că şi-a găsit locul, liniştea şi fericirea alături de celălalt.

*

Concentrată la laptop, Jackye a intuit mai mult sărutarea fierbinte a lui Josh pe gâtul ei.

— Te-ai trezit atât de devreme, de ce nu mai dormi?

— Pentru că am ceva de făcut... îi răspunse ea emoționată, în timp ce degetele-i fugeau cu rapiditate pe tastatură.

— Atunci te las să termini, dar după aceea vom avea împreună ceva de făcut.

Remarca i-a adus zâmbetul pe buze și culoare în obraji.

Josh a ieșit din cameră, lăsând-o singură, iar Jackye a profitat de fiecare secundă pentru a-și duce la bun sfârșit misiunea pentru care venise, de fapt, în casa lui.

Era și timpul, pentru că termenul se apropia de final, iar ea trebuia să pună la punct ultimele detalii și retușuri. După câteva ore, în care n-a deranjat-o nimeni, Jackye a pus ultimul punct.

Era perfect, și-a spus ea încrezătoare. S-a ridicat de pe scaun, a îmbrăcat o rochiță subțire, de vară, în culoarea soarelui și și-a luat laptopul la subraț. Se simțea pregătită. A mers direct în biroul lui Josh, bănuind că doar acolo putea să-l găsească. A deschis încet ușa, simțindu-se la fel de emoționată ca atunci când a intrat pentru prima dată în acel birou. L-a găsit concentrat pe niște acte. Privirea lui întrebătoare a emoționat-o și mai tare.

— Vreau să-ți arăt ceva, ai puțin timp?

— Despre ce e vorba?

— Pentru că s-a terminat ceea ce trebuia să se termine, ți-am adus asta.

A așezat laptopul pe birou și l-a deschis.

— Citește!

— Ce-i asta? o întrebă nedumerit, dar nu se abținu să glumească: mai facem vreun contract?

— Îndeplinesc o condiție pe care mi-ai impus-o atunci când am venit prima dată la tine: mi-ai cerut să fii primul care citește interviul, spuse ea emoționată.

Josh a tras laptopul mai aproape și a început să citească.

Josh Collins, faimosul campion de motociclism, a fost de acord să răspundă la câteva întrebări legate de viața lui, de pasiunea pentru acest sport, dar și să ofere în exclusivitate fotografii în diverse ipostaze, lucruri care, cu siguranță vor fi pe placul admiratorilor săi.

— De la ce vârstă ai această pasiune?

— *Încă de la zece ani, când tatăl meu m-a dus pentru prima dată să văd o cursă de motociclism. M-a atras viteza, dar și curajul motocicliștilor.*

— Când ai câștigat primul premiu?

— *Primul premiu l-am câștigat la vârsta de optsprezece ani. A fost o bucurie imensă. Și pentru*

că tatăl meu m-a susținut încă de la început, am avut tot mai mult curaj și determinare să continui.

— Câte premii ai reușit să câștigi până acum, la vârsta de douăzeci și unu de ani?

— *Patru premii de care sunt foarte mândru și pentru care am depus un efort susținut, deși au fost persoane care m-au sfătuit să renunț din cauza pericolului la care sunt expus.*

— Ce campion al acestui sport apreciezi în mod deosebit?

— *Marc Marquez este preferatul meu.*

— Ce simți atunci când ești pe pistă?

— *Adrenalină, pasiune, determinare și dorința de a câștiga.*

— Spune un lucru mai puțin cunoscut despre tine.

— *Sunt doar un om obișnuit cu pasiuni, așteptări și dorințe obișnuite, dar ca să-ți răspund mai concret la întrebare, îmi plac foarte mult jocurile pe calculator.*

— Care sunt hobby-urile tale?

— *Fotografia, jocurile video și nu în ultimul rând pescuitul. Toate acestea mă relaxează foarte mult.*

— Ce poți să ne dezvălui despre planurile tale de viitor?

— Planurile mele de viitor includ cât mai multe competiții câștigate, dar și o familie iubitoare, în mijlocul căreia să-mi încarc bateriile și să mă simt împlinit. Partea bună este că deja am găsit femeia potrivită pentru mine...

— Ce mesaj le transmiți admiratorilor tăi?

— Vă mulțumesc pentru susținere și apreciere și vă aștept, ca de fiecare dată, să mă urmăriți pe marginea pistei. Munca mea vă este dedicată și vouă, dar și iubitei mele, căreia îi mulțumesc pentru ambiția și curajul de care a dat dovadă în realizarea acestui interviu.

Interviu realizat de Jackye Rowen

— Spune ceva, îți place, e bine? l-a întrebat ea curioasă și nerăbdătoare.

— Da, sigur că e bine. Acesta e interviul la care mi-a fost cel mai drag să particip.

S-a ridicat de pe scaun și a venit lângă ea.

— Ești sigur? Nu vrei să mai șterg sau să adaug ceva? a răsuflat ea ușurată.

— Nu, e perfect, exact ca...

Degetul ei pe buze i-a întrerupt propoziția.

— Nu continua, știu ce vrei să spui...

— Mă voi opri doar dacă mă săruți, a provocat-o el, iar Jackye a acceptat cu bucurie.

— Știi, i-a mărturisit ea mai târziu, interviul cu tine este cel mai frumos interviu pe care l-am realizat de când sunt în branșă. A fost o provocare enormă să te conving să faci asta.

— A fost o provocare pentru amândoi, dar mă bucur c-ai fost atât de încăpățânată.

Josh a privit-o, realizând din nou cât de mult însemna ea pentru el.

— Și eu mă bucur, l-a îmbrățișat Jackye.

— Am o propunere: ce ai spune să continuăm această provocare și să prelungim contractul?

Fata l-a privit surprinsă:

— Ăsta e felul tău de a-mi spune că...

— Da, iubito. Vrei să rămâi cu mine pentru totdeauna și să fii soția mea?

Scoase repede din buzunar o cutiuță roșie, pe care o deschise, lăsând să se vadă inelul cu piatră albă, strălucitoare.

— Doar dacă-mi vei acorda interviuri în exclusivitate doar mie, toată viața, i-a spus ea, zâmbind emoționată.

— Așa voi face, îți promit.

A luat inelul și i l-a pus pe deget, apoi a sărutat-o. Amândoi erau conștienți că avuseseră parte de interviul vietii lor...

— SFÂRȘIT —

Prima dragoste */ Lorena Lenn*
Timișoara: Stylished 2018
ISBN: 978-606-94670-0-8

Editura STYLISHED
Timișoara, Județul Timiș
Calea Martirilor 1989, nr. 51/27
Tel.: (+40)727.07.49.48
www.stylishedbooks.ro

Servicii editoriale: EDITURA VIRTUALĂ
www.edituravirtuala.ro

Tipar: Artprint București